結婚の記念写真

小学２年生、京都にて

馬耕競技会全国大会

秋の農作業のひととき

三女が生まれたときの家族写真

石川家の夕方の一コマ

貢さんの定年退職記念（実家にて）

４人姉妹、そろった夏

屋外での赤飯を炊いているところ

お赤飯「おいしいね！」

秋の収穫、コンバインで

大好きな詩吟の大会

三女の娘と新潟にて

夏野菜の収穫、孫たちと

76歳のとき

我が家の台所にて

子供たち３人と一緒に

米寿88歳、みんなで祝う

楽しみにしているお盆の恒例行事

自分で作った野沢菜のつけもの

96歳夏

96歳、記念写真

101歳

一粒の籾より
お米さまのお命をいただいて

石川 咲枝

文芸社

まえがき

私は今年（令和六年・二〇二四年）で満一〇一歳になります。一〇〇年といえば一世紀。大正、昭和、平成、令和と四つの元号を生き抜いたことになります。ずいぶん生きてきたものです。

昔、父が「おまえは苦労してきたんだから長生きせえや」と言ってくれたことがありますが、正直、自分がこんなに長生きをするなんて夢にも思いませんでした。今日まで大きな病気をすることもなく元気でやってこられたのは、いろいろなお力が働いて、助けてくださっているおかげだと思います。

「一〇〇歳を超えて、あなたの人生はどんな人生だったと思いますか？」と聞かれたことがありました。さて、私の人生はどんな人生だったのでしょう。

振り返ってみますと、私の人生は「雑草人生」だったように思います。雑草のように踏まれても踏まれても起き上がっていく強い根をもち、大地に種を落として新たな芽を出していく、そういう人生でした。そして、それが私の信念であったと考えています。

昔、大地に裸足を下ろしたときに足の裏に感じた大地のぬくもり、温かさ、そのとき私は「人は大自然に守られて生きている」ということに目覚めたのでした。そして、「この大地に恥じることなく生きよう。これからはどんなことがあっても泣くまい」と心に誓ったのでした。そのときは恥ずかしくて誰にも言えませんでしたが、一〇〇歳を超えた今だから言えるのです。大自然に守られて生きている人間は大自然に恥じない生き方をしなければなりません。その思いは昔もいまも変わらない私の信念です。

私は二〇〇三年、七十九歳のときに『馬と土に生きる』（文芸社）という本を出版しました。早いものであれから二十年以上経ち、気がついたら一〇〇歳を超えていました。

前の本では戦中戦後に女性としては珍しい馬耕として米作りをしていた様子

を中心にお話ししました。この本では前半で「お米の大切さ」をお伝えし、後半では一〇〇歳をむかえた記念にこれまでの人生をざっと振り返って、いろいろな出来事を思い出すままにつづろうと思います。私の子供や孫たちが読んでくれれば嬉しいです。

目次

第一部　籾《もみ》がお米になるまで

米作りの一年の流れ

一昔前までは今のような便利な農業機械もなかったので、お米作りは大変な仕事でした。

小さい頃、祖父の稲作りの苦労談を祖母からよく聞いていました。仕事人間のおじいさんは一日三人前もの仕事をしていたそうです。そういう話を聞くと、私も頑張らねばと無我夢中でした。

「百姓」とは読んで字のごとく「百の姓（名字）」をもっています。この字の本来の意味とは違うかもしれませんが、私は「たくさんの仕事ができる」という意味に解釈しています。

「米」という字も読んで字のごとくで、一粒の籾がお米になって口にすることができるまでには八十八回（たくさん）の手がかかることを表しています。百姓は、それこそ子供を育てるように〝八十八回〟もの愛情を込めてていねいに育てていきます。

余談ですが、「百姓」という言葉は、いまは職業差別用語だそうですね。ですから、私もこの本では百姓という言葉は使わず「農民」という言葉を使うことにします。

さて、お米作りの手順は、

・田おこし・返し田・あらくり・しろかき
・種籾まき、苗作り（育苗）
・田植え
・草取り・水の管理・施肥
・稲刈り・脱穀
・乾燥・籾すり

この六段階になります。では米作りの一年の流れをざっと見ていくことにしましょう。

一　春

春一番、田起こしがはじまる

米作りの本格的な第一歩は「田起こし」です。冬のあいだ雪の下でゆっくり休んだ土たちを耕して、堆肥などの肥料を入れ、栄養たっぷりの土にします。まず田んぼ一面に堆肥をまいてから起こしていきます。今は耕運機やトラクターで行っていますが、そうした機械がなかった昔は牛や馬に犂《すき》を引かせて土を起こしていました。これを畜力利用農法といいます。

畜力利用農法が盛んに行われていたのは昭和十年代から二十年代半ば頃までで、それより前は鍬《くわ》や犂を使って土を掘り起こしていました。私は大正十二年生まれですから、畜力利用農法が行われていた時期はちょうど青春時代と重なりました。

さきほども書きましたが、馬の力を使って田や畑を耕すことを「馬耕」といい、私は高等小学校を卒業すると同時に父から田んぼ仕事を仕込まれ、女性としては珍しかった馬耕もしていました。馬耕とは馬の力を使って耕すことをいいます。少女だった私にはむずかしい仕事でしたが、父に教えてもらいながら徐々にコツをつかんでいきました。

昭和三十年代になるともう畜力を使う農業はすたり、どこの農家でも耕運機を使うようになりました。ですから、いまではその頃のことを知る人は農家でも少ないのではないでしょうか。

家で馬をもっていることを「丸馬」といいます。私の家は丸馬でしたが、馬をもたない農家はもっている農家から借りていました。馬を借りる日のことを「田耕し馬番」といい、週に二日とか三日とか番を立てて田んぼを耕していました。

返し田

田起こしが終わると、今度は「返し田」をします。返し田とは、かまぼこ状の畝《うね》を崩して土と平均にする作業です。

田起こしがすんだ田んぼは泥が乾いて岩のようになり、泥のかたまりがひび割れて一面をおおった状態になっています。それを、馬を使って返していくのです。渇いた泥のかたまりが足の上に落ちてくることもあります。裸足でしたから痛いのなんの。地下足袋《じかたび》などは終戦後にようやく普及するようになったもので、田んぼに入るときはみんな裸足でした。モンペをはいて、脚絆《きゃはん》を巻いて、そして裸足。それが農家の女性たちが田んぼに入るときの一般的な姿でした。

毎年、足の十本の爪がみんな割れて生え替わっていました。爪の中に泥が入るので爪の根っこが死んでしまい、はがれてしまうのですね。爪がはがれたときは、まともに歩くと痛いので、かかとから地面につけて、少しでも指にさわらないようにして歩いていました。はたから見たら、ちょっとおかしな恰好だったでしょうね。爪がはがれようが作業の手を止めるわけにはいきません。あとの作業が次々に控えているので待ったなしです。

水取り・あらくり

田起こし、返し田が終わると、いよいよ田んぼに水を入れます。田んぼに水を入れることを「水取り」といいます。

水取りの日が定まると、用水から水が流れてきて、小さい川は水でいっぱいになります。水は午前と午後に分かれて流れてきますので、整地をしていない時代は、上の田んぼから下の田んぼへ水を早く流してあげなくてはなりませんでした。

「田んぼのおとし」（田んぼから水を抜くこと）の「むしろびき」（むしろを敷くこと）もすませると、田んぼ一枚一枚に水をはります。

さあ、これからがいよいよ田植えをする準備になります。

まずは「あらくり」です。あらくりとは苗を植付けやすくするために土と水を混ぜる作業のことで、荒代「あらしろ」ともいいます。砕土機《さいどき》をガラガラと馬に引かせて土を細かく砕き、田んぼを平らにしていきます。砕土機にびっしりついた爪で土を水と混ぜて土の中にたっぷり水分を含ませると土が泥のようになり、見た目もすっかり田んぼらしくなります。

しろかき

あらくりが終わったら、今度は「しろかき」です。しろかきとは、土をさらに細かく砕いていき、ていねいにかき混ぜて土をやわらかくしていく作業のことをいいます。苗を植えやすくし、苗の根付きや発育をよくするためです。

田んぼに高低がないようにきれいに馬でならし、低いところには馬の力を借りて泥をそこにもっていき、高いところは削っていきます。田んぼの高低を見抜く目も技術です。

田起こしから始まって、返し田、あらくり、しろかきと、一枚の田んぼに何回も馬といっしょに入ります。畜力利用農法よりさらにひと昔前までは、田起こしからしろかきまでの作業を鍬でやっていましたが、鍬から砕土機、馬鍬《まんが》と仕事によって機械や農具も次々にかわっていき、いまはトラクターに専用の作業機を付けて行っています。昔に比べたら、ずいぶん楽になったものです。

田起こし、返し田、あらくり、しろかき、そして仕上げです。

その他、わく転、苗運びなどの作業もあり、猫の手も借りたいというのが農家の五月の忙しさです。田んぼに水を入れる日が定まるまで、ボーッとしている日は一日もありません。

畦《あぜ》ぬり

しろかきが終わると、今度は「畦ぬり」です。畦ぬりは水が畦から逃げていかないようにするための重要な作業です。冷たい寒い朝早くから、わらじをはいて鍬としゃくをもって、父と母と連れだって田んぼに出かけました。

二月末、春とは名ばかりで、まだうす氷のはっている田んぼは冷たくて冷たくて、足は真っ赤になり感覚もなくなります。でも、足が感覚を失おうと、血がにじもうと、痛いとか苦しいとか言っていられません。水が入る日に間に合わせるためには、耐えに耐えて乗り越えなければならないのです。

冷たい水の中で、父が一生懸命にねずみの通り道の畦を踏んで、土に水をかけてやわらかくしていきます。それを私が踏み、母がその土を一鍬ずつ起こして古い畦にのせ、形を整えていくのです。形が整ったら父がきれいにぬって仕上げます。力とふんばりのいる仕事です。私はそれを父と母と三人でしていました。

この作業が終わった頃には畦がまっすぐに延びて、ぴかぴかに光っています。

器用な父は畦ぬりもとても上手でした。父がぬった畦は「さすが権二《ごんじ》さんやな」とみんなに感心されたものです。私も父のやり方を見ながら覚えて、ぴかぴかにぬれるようになり、「さすが権二さんの娘さんやなあ」と感心されていました。

仕上がった水田《みずた》を見ると、「きれいだなあ。やっとここまで来たなあ」と、これまでの苦労が吹き飛ぶようでした。これからが、いよいよ本番！　春の農作業の一番大事な仕事がはじまります。

株切り、堆肥まき

三月、畦ぬりが終わったら、今度は株切りと堆肥まきをします。二町も三町も作っている農家はたいてい馬をもっていましたから、馬肥しを大事にして田んぼに入れていました。化学肥料のない昔は馬肥しが一番良い肥料になっていました。ほかには紫雲英《しうんえい》（レンゲソウ）も肥料にしていました。紫雲英の根っこには窒素を蓄えた玉がついていて、これを田起こしのときに土にすき込み、石灰を入れてすばやく分解させるのです。

春になると赤紫のきれいな花を咲かせる紫雲英。一面、紫雲英の花におおわれた田んぼは、まるでじゅうたんを敷き詰めたようにきれいです。

四月に入ると川口の仕事がはじまり、一戸当たり土を入れる土包が割り当てられます。田んぼでは馬のいななきが聞かれ、あちこちで懸命な作業がつづきます。汗と油の毎日です。

同じ仕事をしても上手下手というのがあります。とくに共同作業の多い農作業は上手な人たちと歩調を合わせてしなければならないことが多いので、下手な人は早く上手にならなければなりません。

高等小学校を卒業して以来、父と母といっしょに田んぼに出ていた私にとって、仕事が早く上手になることも大事でしたが、出来ばえの良い苗を育てるにはどうしたらいいかなど、むずかしいことばかりでした。

毎日、父と母は手足を泥だらけにして働いていました。私もそれを見て、少しでも早く上手にできるようになろうと必死でした。それこそ毎日が命がけの連続でした。

農家の人々は、毎日朝は暗いうちから起きて田んぼに出て、夜は夜なべで縄ない、縫いもの、つぎあてなど、やらなければならないことが山ほどありました。

いつ休むのかなあ？　農家に休みはないのです。

苗を育てる準備

毎年、春になると春仕事として村人足《むらにんそく》（村に割り当てられて駆り出されて作業をする人のこと）があり、各農家から人を出して水路の掃除や水を入れるための作業などに交代であたっていました。昔は上市川から農業用の用水を取るのに、杭《くい》を打って土俵を入れて水を流すようにしていました。

一連の農作業がつづいているあいだに苗を育てる準備もしなければなりません。苗を育てる準備は種籾《たねもみ》を水につける作業（浸種《しんしゅ》）からはじまります。

まず苗代田に畝をこしらえ、苗床に種籾をきれいにまいていきます。

種たちが芽吹くと、それを大切に育てていきます。苗作りはとても重要です。

苗の成育の良し悪しが、その後の稲の生長に影響をおよぼし、その年のお米の良し悪しを決定づけるからです。

どの仕事も腰を曲げて、かがんでする仕事ばかりです。腰を伸ばして立とうものなら、「だらな顔しとるな」「田んぼで立っておると、カラスがクソかけるぞ」などといって叱られます。

苗の成長を見守る

春耕しから一か月ほど経つと、田んぼ仕事になんとなく緊張感がただよってきます。そうです、田植えが始まろうとしているからです。

苗代田の苗は順調に育っているか、田植えがはじまるまで苗の管理はとても大事な仕事になります。苗が成長し、田んぼが仕上がると田植えの日を決定します。

春田は本当に忙しく、猫の手も借りたいところです。父も母も毎日、汗だらけ、泥だらけになって仕事をしていました。お米作りはまさに命がけなのです。私が両親と田んぼに出ていた昭和のはじめの時代は簡単な農具はありましたが、たいした農具さえなかった明治の人たちはほとんどが手作業で、体ひとつで農作業に明け暮れておられたのです。

二　初夏

巨大な水鏡

四月も二十日過ぎになると一面青田になって若苗が風になびくようになります。

田んぼに馬が出はじめ、農家は本当に忙しくなります。馬のえさをつくったり、堆肥を運んだり、朝早くから夜遅くまでもくもくと仕事を進めていきます。人力、畜力、汗水のおかげで仕上がっていくと、今度は田んぼに水を入れます。一面に水をたたえた水田は、まるで巨大な鏡のようです。太陽の光に照らされた水田の面々がまわりの景色を映しだす光景は目を見張る美しさです。

その大自然の美しい景色をありがたいなあとゆっくり眺めていたかったのですが、ゆっくり眺める余裕などまったくありませんでした。なにはさておき仕事、仕事。今日はどこまではかどったか？　そればかりで馬のお尻を追っている毎日でした。

私も農家の仕事を一人前とは言われずとも、一から十まで体で覚え、汗と泥の毎日の娘時代を過ごしていました。美しい景色をありがたいと思う心で、いつかゆっくり眺めたい。そうすることができる農家であればとひそかに思って毎日の農作業にいそしんでいました。

枠転がし

田に水が入ると、今度は本格的に田植えの準備がはじまります。

まずは「枠転がし」です。枠転がしとは、田んぼに六角柱の枠のようなものを転がして筋をつけることをいいます。枠転がしによって植える位置を決め、決められた位置に苗を三、四本ずつ植えていくのです。

田んぼの準備が完了し、苗の長さが十五センチくらいになったらいよいよ田植えです。田植えの前日の夕方か当日の朝早くから苗取りをし、束ねた苗を田んぼに運びます。

お米は、早性、中性、晩性と、仕事のしやすいように時期をずらして作付けます。

いよいよ早乙女の出番！

いまは田植え機があって、一気に田植えを済ませることができますが、そういう機械がなかった時代はすべて手作業でした。

田植えをする人はたいてい女性で、早乙女（五月女）といいます。このあたり（富山市）では「そうとめ」と呼んでいました。

早乙女たちが五、六人、腰にカゴをつけ、苗をいっぱい入れて田んぼに入ります。そして、一列に並んで、よーいドンで田植えをはじめるのです。カゴから苗を三、四本ずつ左手で取って、右手で土に上手に植えこんでいきます。一日じゅう中腰になって両手を動かし、長い田んぼをせっせと進んでいくのです。カゴから苗を取るのも腰を曲げたまま、植えるのももちろん腰を曲げたまま。大変な重労働です。誰もが、みんなに遅れないようにと必死です。まだ慣れない人は上手な人の動作を見ながら勉強します。田植えが上手になること、それもまた研修の一歩です。

お年寄りの方々はみんな上手で、ひとりで三列を受けもって進んでいきます。家族だけでは人手が足りない場合は近所の人に手伝ってもらっていました。

そんな田植えの仕事を、私は何十年も休まず続けました。朝三時に苗代の水田に入って苗を取り、そして夕方までぶっ通しの働きづめです。

農繁期は子供たちも田んぼへ出て、お弁当やおやつ運びなどのお手伝いをしなければなりませんでした。そのため昭和三十年代までは、農家の多い地域の学校では田植え時期になると学校は田植え休みになっていました。

早乙女といえば、貢《みつぐ》さん（私の夫）が、「子供たち（四人の女の子）が、やがて一人前の早乙女になって仲間といっしょに仕事をしていけるだろうか？」といって、「田植えの様子を見ていたい」と言ったことを思い出しました。

でも、その心配はありませんでした。終戦後、田植えも機械化されたからです。便利な田植え機が普及したことによって手作業での田植えは少なくなり、早乙女たちの姿もあまり見られなくなりました。昔の人の苦労はもう目の前から見えなくなりました。

田植えが終わると田んぼは一面青田になっていきます。若苗が風になびいている青田の光景は、とてもすがすがしくてきれいです。美しい水田の風景は見る者の心を穏やかにしてくれます。

この頃は「水管理」が主な仕事になります。稲の生育段階や気候に応じて細心の注意で水を管理していきます。今後の稲の生育を左右する大きなポイントになるので、手を抜くわけにはいきません。

農家の人はのびのび育っていく稲を見守りながら豊作を祈ります。そしてまた、朝から晩まで手作業に明け暮れる日はつづくのです。

三　盛夏

若苗の成長

若苗も毎日、太陽と温かい土と水に守られてすくすくと育っていきます。三、四本そろって仲良く寄りそって活着していくのです。

そよ風に吹かれて水面で揺れていた若苗も、一か月も経つと背丈も少し伸びてきて、離れたところから見ると、若葉色がいくぶん濃さを増してきたことがわかるようになります。これからは肥料を根から十分に取り込み、成長の盛りになっていきます。

昔の人たちは稲に成長していく苗を可愛がり、なでていたわって、一粒でも多く穫れるようにお天道さまに朝夕お祈りして生活しておられたのです。

稲の成長のための三要素

太陽の光をあびて、田んぼの水が日増しに温かくなり、稲をやさしく包みます。

稲は太陽の光、水、肥料、この三つに抱かれて育ちます。

稲株は水と日光と肥料と除草によって本数を増やしていきます。

農家の人は稲株（本数）と色と丈とを毎日見張りながら田まわりをします。そして、色と丈と株の具合を見て、肥料を施していきます。

施肥は稲の成長のためには欠かせない作業です。戦争中は肥料の配給もなかったので、それぞれの家で、藁《わら》、野菜くずや米のとぎ汁などを用いて堆肥を作っていました。馬をもっている家は馬の糞《ふん》で堆肥を作っていました。馬の糞で作った堆肥はとてもよい肥料になっていたのです。体のつづく限り馬力を出して働く農家の皆さんです。その労働は休むことがありません。

やっかいな草取り作業

田んぼで稲がすくすくと育っていく夏。稲の成長には、雑草、害虫、病気など、たくさんの厄介ものがつきまといます。

私が両親と農作業をしていた頃は除草剤もなかったので、雑草は思うがままに伸びていました。雑草は日光と酸素をさまたげるだけでなく、水や養分を横取りして稲の成長をさまたげます。また、雑草が生えると害虫のすみかとなり、稲の病気が発生する原因にもなります。草取りはこうしたことを防ぐためだけでなく、雑草を取ると同時に土をかき混ぜることによって、根に酸素を送り込む効果もあるので、稲の成長のためには欠かせない作業なのです。

夏の災天下で、汗を流しながら行う草取り作業は重労働でした。太陽に照り付けられた田んぼの水は、お湯のように熱くなります。容赦なく照りつける太陽の光で背は焼け、汗が目に入り、稲の尖《とが》った先端がチクチクと顔を刺します。目もあけられない状態だったので私は手ぬぐいをかぶってやっていました。

株と株のあいだを這《は》うようにして進み、苗のまわりの草を両手で取って土に埋めこんでいきます。取っても取っても次から次に生えてくる稲の根元の草を、一番草、二番草、三番草、四番草といって、何度も田んぼに入っていました。最後の草取りのときは、稲の根元をていねいになでてなでて終わりにします。

田んぼの除草に大いに活躍したのが「田ぐるま」という手押し式の農機具でした。先端に幅三十センチぐらいの小さな水車のような筒がつけられていて、それが回転することによって雑草を取り除くのです。

田ぐるまを使うようになってから水田の草取りはずいぶん楽になりましたが、田ぐるまでも取り除けない株のまわりの草は素手で取るしかありませんでした。

素手で取ると指先が痛みます。そのため藁を編んで作った指袋や雁爪《がんづめ》など、昔から指先を守るためのいろいろな工夫がなされてきました。

暑さ、汗、蚊の大群、ヒルとの闘い

真夏の田んぼの草取りは、暑さ、汗、蚊の大群、ヒル（蛭）などとの闘いでもありました。

苗が成長して稲になっていく頃は強く丈夫になって、丈もしゃがんだ大人の肩になっています。その中に分け入って草取り作業をするのです。容赦なく照りつける太陽で背中は焼きつけられます。私の背中も赤黒くなって、ヒリヒリと痛みました。

蚊の大群にも悩まされました。その数といったら、黒ゴマを宙にまき散らしたようでした。

父が蚊の防虫用としてこしらえた針金と布でいぶるものを、一人ひとり腰に下げて仕事をしていました。

モンペが流行してからは、女の人はとても楽になったと思います。昔は腰巻姿でしたので蚊に刺され放題で、体のあちこちにひどい痕が残っていました。キャハンのまわりも蚊が血をすったあとで赤黒くなっていました。

汗は流れるし、蚊にはせめられるし、腰は曲げたままで伸ばせない。でも、みんな無言で仕事に集中していました。お米さまの成長を願い、心をこめてひたすらに……。農家の親子は日夜懸命でした。

草刈り・害虫の駆除も大仕事

水田の雑草だけでなく、夏は畦や土手などの草もどんどん伸びます。雑草をそのままにしておくと害虫たちのすみかとなるので刈り取らなければなりません。

私の家は馬を飼っていたので、馬にやるために毎朝草刈りに行っていました。

馬のえさは一年を通じて干し草が中心ですが、夏は青草も食べます。

早朝の草刈りは田んぼの忙しいときと時期がちょうど重なり、これがまた大変でした。いちばん日の長いときは朝三時には田んぼに出ますから、馬の餌になる干し草を蓄えるための草刈り仕事のあるときは夜中の十二時に起きなければなりません。父に起こされて、眠い目をこすりながら鎌をかついで出かけていました。

荷車いっぱいの草を刈って家に帰りついた頃にはしらじらと夜が明けていました。それから二時間くらい寝ると、もう起きて仕事にとりかかります。この時期はろくに寝る暇もありませんでした。

そろそろ稲の花も咲く頃になると害虫もたくさん発生します。害虫の中で多いのは稲の栄養を吸い取るウンカ類や、茎の中に入り込んで稲を変色させるニカメイチュウなどです。

夏のあいだは害虫から稲を守るために、何回かに分けて農薬をまきます。ただ、農薬を使いすぎると害になるために使う量や濃度が細かく決められていました。

農薬が一般的に使われるようになったのは第二次世界大戦後のことでした。農薬がない時代は、青虫をすくうかご、いなご取りかごなどを使って取っていました。また、除虫菊でも虫を退治していました。みんなそれぞれの工夫でした。そして競争でした。

農家の仕事に楽な仕事は一つもありません。労力と努力、そのくり返しです。手は土まみれ、顔は日焼けで真っ黒、なりふりかまわず懸命に働く毎日です。農業はいまでも重労働ですが、昔はもっともっと重労働でした。でも、農民は秋の取入れのときは、みんな笑顔になります。お命をつないでくれる「お米さま」に出合わせてもらう喜びがあるから。

収穫の良し悪しを左右する水の管理と肥料

七月も終わり頃になると稲は人の背丈の半分くらいに成長し、「穂ばらみ」

（穂が出る前に、穂を包んでいる部分がふくらむこと）の時期をむかえます。

その時期は収穫の良し悪しをもっとも決定する肥料と水の管理が山場になります。とくに水の管理は重要で、成長にあわせて水の量を調整しながら田んぼに水を引き入れる工夫を重ねていきます。たとえば、水はけを良くするために「手溝掘り」といって、足元の稲の根を手で切り、それを両手で掘り上げながら溝をつくっていくのです。これは酸素をたくさん入れて稲に活力を与える作業で、手早さが要求されます。

穂が成長して実をつける七月中旬から八月下旬はもっとも多くの水を必要とします。その時期には丈がぐんぐん伸びて、茎の根元から新しい茎が出てきます。これを「分けつ」といいます。稲株は分けつをくり返し、親株、兄弟株、仲良く寄りそって、本数も二十本以上になっていきます。

稲が成長していくと田んぼに水がだんだん必要でなくなります。すると今度は水を抜いて日干しをしなければなりません。日干しをすることで稲の無駄な分けつを防ぐと同時に、大地の奥深くまでしっかりと根を張らせるのです。

一株で茎が二十本以上になると分けつは止まり、穂を付ける準備にかかりますから、水の管理と同時に肥料を施していかなければなりません。

昔は肥料として紫雲英、堆肥灰、魚肥、石灰、米ぬか、馬糞、牛糞、人糞などを使っていましたが、今は化学肥料があり、その中に三要素（窒素・リン酸・カリ）が含まれています。便利になったものです。

大地の教えは無言の教科書

農家の人は苗を植えてから稲になるまで、毎日、一株一株、いとおしむようになでて育てていきます。「お米さま」を成長させるまではの一念で稲株と話しつづけるのです。土と太陽と水、雨風のおかげさまのもとで朝な夕なに合掌して生活しているのです。

真っ黒な顔をして、つぎだらけの着物を着て、ぞうりをはき、わらじをはき、すげ笠《がさ》をかぶって、お天道様に感謝して、いつもいつも深くおじぎをしています。一粒でも多く収穫できることを念じて、暑さにも負けず、貧乏にも負けず、昼は太陽と共に、夜は月を背にして懸命の一生なのです。

人間は大自然の恵みの中で命を養い、命に守られて生きています。農業は大自然と共に感謝して過ごす仕事です。

昔、私が農業をしていた頃はつらくて投げ出したいと思ったときも、裸足で田んぼに入ったら「おまえ、何考えとる。大地に恥じないようにしっかり生きれや」という大自然の神様の声が聞こえてきていました。叱られたことも、心ないことを言われたことも、田んぼに入ったらみんな忘れてしまっていました。ありがたいものです。

大自然からいただいたお米の一粒一粒が天地の恵みです。こんなに尊いものはありません。

農業をする者にとって、「お米さま」の親は大地です。大地の教えは自分の肌で感じなければ人から聞いてもわかるものではありません。涙を流さなければならないこともあります。歯を食いしばって頑張らなければならないこともありまます。そういうことの中からいろいろ教えられるのです。大地の教えは無言の教科書です。

四　秋

お盆の頃に稲穂が顔を揃《そろ》える

草虫はいないか、病気にかかってはいないかと、毎日田んぼをまわって見張ります。朝晩の見まわりが欠かせません。田んぼの仕事は暑い日中は避けて、朝前仕事になります。みんな一生懸命です。

お盆の頃になると稲穂が顔を揃え、さわさわと秋の気配がしてきます。

お日さま、土さま、水さま、人の力をいただいて稲も育っていきます。

昔の農家の人たちは、土と太陽と、水、風、雨のおかげのもとで朝に夕に合掌して、お米さまの成長を願い、一粒でも多く穫れるようにと家中（男女、子供、お年寄り）で頑張っていました。苗の成長を見て話しかけながら、わが子を育てるように大切に稲を育てていました。

今は便利な機械の時代になっていますが、人力、馬力、鎌、鍬の時代は、それはそれは血のにじむような毎日でした。だからお米一粒でも粗末にはしなかったのです。

私が田んぼの仕事をしはじめて身にしみて感じたことは、一年を通して私がまともに家で過ごすことができたのは、お盆の八月十五、十六、十七日の三日だけだったことです。

そのお盆も、お墓そうじやお墓参り、破れた服や着物のつぎあてなど、やらなければならないことがたくさんあり、完全な休日というのは一日もありませんでした。

待ちに待った収穫の日（稲刈り）

見渡すかぎりの黄金色の稲穂の波が秋風に吹かれて田んぼ一面にただようようになると、いよいよ収穫の時期の到来です。

収穫にあたっては、いつ収穫すればいいか、適した時期を見きわめることが大切になってきます。早過ぎると未熟な青米が多くなり、逆に遅過ぎると胴割れが発生して、お米の品質を下げてしまう原因になるからです。

収穫の日は、これまでの苦労の賜物を手にする日です。朝早くから家じゅうの働き手が田んぼに出て、一列に並んで、稲切り鎌で一株一株刈り取っていきます。汗流し、日焼けして、一粒でも多く収穫できるようにと、みんなでていねいに刈っていくのです。昔は鎌を使って一株ずつ刈り取っていましたが、いまはコンバインを利用した効率的な収穫作業が行われています。

稲の乾燥

刈り取った稲は小さな束にして乾燥させます。

乾燥の方法は「はさ（稲架）干し」と「地干し」の二通りありました。「はさ」とは「はさぎ」と呼ばれる杉の材木を田の土の上に立てたもので、この杭に竹を十段ほど渡して縄でしばり、ここに稲をかけて十日以上干します。一把の稲を広げて下に向けて並べてかけていくのですが、慣れないうちは上手に干すことができず、みんなひっくり返ってしまいます。上手な人は手慣れたもので、手品師のようにパッ、パッ、パッと干していきます。

結婚してからは「はさ」も私が作っていました。私一人で稲を刈って、はさ穴を掘って二十本のはさ二つ、つまり四十本のはさを立てて稲を並べてかけていました。こんな仕事は男の仕事ですよ。でもそれを辛いと思ったことは一度もありません。早く仕上げるのに夢中でした。

一方、地干しは手がかかります。

一日干し、二日干し、三日干し……、雨にあたったらまた干し直しです。夕立がきたら、いまは大急ぎで広いシートをかけますが、そういう便利なものがなかった昔は「わらがい」といって、藁を編んで巻いた手作りの雨よけをかけていました。

何日もかけて乾燥させた稲を集めて積み上げます。それを「にゅう」といい、そうして仕上がった稲の束を「えぼ」といいます。

脱穀・ちんずり・保存

えぼができると、今度は田んぼへ足ふみ脱穀機をもっていって脱穀します。脱穀とは、稲から茎や葉を外して籾だけにすることをいいます。

今はコンバインなどを使って脱穀しますが、昔は足ふみ脱穀機で脱穀していました。ミシンを踏むような感じで、機械を足でふんで回転させながら脱穀するのです。脱穀された籾はカマスに入れて家に運び、乾燥した倉庫で大切に保存します。

この時期はとくに忙しくて、人力ばかりが頼りの農家の人は夜もろくに眠れませんでした。朝なべ、夜なべ、一日三人前、競争競争でした。

籾を米にする作業のことを「ちんずり」といいます。父は石油で動かす発動機をもっていて、私が小学校へ上がる頃にはその仕事もしていました。脱穀は各家でやりますが、ちんずりの機械をもっている家はほとんどなかったので、父がその機械を車にのせて村々をまわり百何十軒もの家の米をちんずりしていました。

車が入らないような細道は「かたね棒」という棒で、発動機を肩にかついでいかなければなりません。私が前をかつぎ、父が後ろをかついで、細い道を歩いていっていました。発動機は棒が肩に食い込むほど重いので足元がふらつきました。でも、私が転んだら後ろをかついでいる父がけがをしてしまうので、お腹に力を入れて一歩一歩踏みしめながら運んでいました。

人力と畜力がたよりだった農作業

今は電気で籾を乾かし、籾すり、精米、選別……と、手品のように進んでいきます。昔の仕事を思うと夢のようです。籾からお米にするまでは、それはそれは大変な作業だったのです。血のにじむような毎日でした。でも、大切な大切なお米さまにかける手数、気配りは昔も今も少しも変わっていません。

農家の人々の辛苦と愛情、熱意等々、感謝してもしきれるものではありません。だからお米一粒でも粗末にはしません。お命さまですもの。大自然さま、土さま、水さまも、ありがとうさんでございます。

昔のお年寄りは教えてくれました、「お稲さまは強いもので、植えておけば、お与えさまで実らっしゃるわい。人間は稲の姿で学ばせてもらうのだ。偉くなればなるほど頭をたれる稲穂に学びをもらうのだ」と。

人生も人間の生き方も稲の種まきから実りまでの姿にたとえてみるとみんなつながります。

四季の移り替わる様が人間の生老病死にも当てはまります。大自然は語らず、身をもって教えてくれているのですね。

新米は真っ先に神社にお供え

乾燥させた籾を「籾すり機」で殻をむいたものを玄米といいます。

新米（玄米）は一番初めに御神社さまにお供えします。ご先祖のお力添えの結晶ですから。お供えした新米をご覧になって、ご先祖の方々が喜ばれているように思われ、合掌して感謝させてもらっていました。

率直に言って、農家の仕事は採算に合うものではありません。でも、ご先祖からの仕事を守っていけることが一番と、大自然に感謝し、懸命に報いさせていただいているのです。

新米を農協へ出荷

新米（玄米）は御神社さまにお供えしたあと農協へ出荷します。その際、石などの異物が交ざっていないかチェックされ、一等米、二等米、三等米、くず米……と、選別されていきます。

若苗から肩寄せ合って成長していった稲たち、手に手をかけて大切に育てられたお米が、最後は等級の世界で分別されます。そんなお米を眺めていると、人間の世界と同じようだと思い知らされます。

でも、どんな等級だろうと命に変わりはありません。籾からお米に仕上げてもらって、喜んでもらって、成長の役割を果たしてきたのですから。一粒一粒に「ありがとう」と感謝です。くず米は粉にしていろいろなものを作って食べ、一粒も無駄にはしません。

お米は七変化、八変化が得意な食べ物で、いろいろな食品に変化します。しょうゆや味噌《みそ》、お酒やお酢、あま酒の原料の麹《こうじ》、お餅、だんご、ちまき、おかき、あられ、かりんとう、おこし、ビーフン、白玉、玄米茶等々の原料にもなります。お米さま、ありがとうございます。

昔のおやつは玄米と大豆のいりがし、かきもち、やきつけ、ごんだ餅等でした。かんもちを細かくサイコロに切って干したものを大豆と玄米でいり、それもよく食べました。ごんだのおかきは甘みがあって、とてもおいしかった。子供たちも喜んで食べ、仲良く元気に育っていきました。

藁《わら》も大切な生活の資源

稲刈り後の藁だって無駄にはしません。大事に保管しておいて、冬の農閑期にはこの藁を使って生活に必要なさまざまなものを作っていました。

富山では、冬はどこの家でもむしろ織りをしたものです。雪が舞う頃には畳の長さのむしろを織りはじめます。晩秋から冬にかけては、農家はずっとこの仕事です。母も私もよく織ったものです。

また、「雨よけ」、「藁がい」（稲にかけるおおい）、「ばんどり」（かっぱのような雨具）、わらじ、ぞうり、ほうき、縄、お米を入れる俵《たわら》、戸の代わりに下げておく「こも」、藁ぶとん、揺りかご、縄のれん、しめなわなど、あらゆるものを作っていました。藁を細かく切って土に混ぜて壁に塗り込め、壁材としても使っていました。

父はとても器用な人で、私たちが子供の頃は「ばんどり」も小さいなりに使いやすいものを工夫して作ってくれました。雨の日はその「ばんどり」を着て、「とんびござ」という三角の頭巾のようなものをかぶって学校に行っていました。

五　冬

重労働だった二毛作

私が田んぼで働いていた頃（昭和初期〜中期）は二毛作をしていました。二毛作とは、同じ耕地で一年のあいだに異なる作物を栽培することをいいます。

当時は、秋の稲刈りをした後に藁のすき込みを兼ねた田起こしをして、肥料の少ない中から大麦、小麦、じゃがいも、さつまいも、紫雲英などを二毛作していました。

秋の刈り入れが終わると種をまき、田植え前にそれらを収穫します。大麦を刈り、小麦を刈り、ジャガイモを掘って、最後に紫雲英を刈り、乾燥させてから来年用に種をとるのです。

二毛作は大変な重労働でした。天候の悪い年などは大麦も小麦もじゃがいもも、みんな腐ってしまったり、芽が出て役に立たなくなったりもしました。

大麦や小麦やジャガイモなどをつくったあとの田んぼ（後田）をすき返し、水田にして田植えをするのですが、伸びた大きな苗を腰カゴに入れて六月中旬まで行う田植えがあたりまえでした。そんな苦しい中、農家の人たちは朝日の昇る前に明星の光、夜は遅くまで夜なべをして寝る間も惜しんで働いていたのです。

田んぼの神様への感謝の日

一月の土用入り、小寒二日半を一か月の天気に見立てて豊作を祈ります。五月の田植えが一月十五日なのです。朝早く起きてアズキを煮ます。そのアズキは田んぼの土です。だんごはお米です。そしてみんなでいっしょに豊作の祈りをこめていただきます。白い餅は大きめにして、稲の一株にたとえます。

一月十五日、田植え、豊作を願う。

三月、祭りをして神社さまに豊作を願います。

五月、田植え終了。おはぎで労をねぎらいます。

八月、虫よけでお餅をいただきます。

九月、稲刈りが終了すると刈り上げ祝いにおはぎを作ります。

十月三十一日、お祭りをして神社さまに豊作のお礼をします。お祭りでは神輿が出て、村じゅうの家へ神さまがお入りになられるのです。

戦争中の農家

戦争中は働き手の男性を戦争にとられていたので、農家は人手不足でした。農業を守るのは女、子供、年寄りだけ。みんな苦しい生活でした。

肥料なく、金もなく、衣料もなし。女の人はふとんの表（カスリ）を作業着に仕立てて、つぎだらけのものを着ていました。ゴムというものは一切なし。

当時は自給自足の生活で、国民全部ひもじい思いをしていました。でも都会の人に比べれば、農家の人たちは食べるものには不自由はしなかったかもしれません。お米は一年じゅうありましたが、自分たちが収穫したものでも国に供出しなければならなかったので、どこの家でもたいていくず米を食べていました。野菜もありましたし、牛乳も買うことができました。やぎを育ててお乳を家族でいただいたりもしていました。

馬の力を頼りに農作業をしていましたが、戦争中はその馬たちにも赤紙が来て召集されました。私の愛馬も例外ではなく、田んぼを起こす大事な馬が二頭、召されていきました。戦場で大砲を運んだり、荷物を運搬するのに使われたのでしょう。結局、二頭とも帰ってくることはありませんでした。

兵器製作に必要ということで、鉄の鍋もやかんも、お寺の鐘までも、金物類はみんな供出させられました。けれども、戦争中でも早春の田んぼは一面紫雲英の花ざかり。子供たちは、その花の中で無邪気に遊んでいました。いま想うと、のどかな風景ですね。

大自然に感謝して合掌し、「ありがとう、ありがとう」と言って戦地の兵隊さんたちに想いをはせ、慰問袋を送っていました。

農家の一日

農家の一日。それは朝前仕事からはじまります。勤め人は朝前仕事をしてから勤めに行き、帰宅してからもまた仕事です。夜は夜で、作業着などのつぎあて、農具の手入れなどの夜なべ仕事。毎日がその連続です。

農家の長男、お嫁さん、子供たち、みんなで共同作業です。死ぬまで土に生きるのです。

私が農業にたずさわっていた昭和の時代は、農家は太陽とともに一日の活動をはじめていました。「きょうの天気はどうかなあ」、一番の関心事は天候でした。

刈り取った稲や草を乾燥させるのにも、昔はみんなおてんとうさまが頼りでした。お天気だと嬉しくなり、太陽に手を合わせて仕事をはじめます。いちばん日の長い時期には、朝三時には田んぼに出ていました。昭和時代になっても状況は大して変わらず、農民は早朝から日が暮れるまで、寝る間も惜しんで働いていました。

昼は一心不乱に農作業にはげみます。お昼ご飯やおやつ（コビルまたはコビリと呼んでいました）は、お弁当箱に詰めてもっていき、田んぼで食べていました。

農家の主婦は一日じゅう、田畑に出ていましたから台所仕事は祖母の仕事でした。子供（祖母にとって孫）が生まれれば、忙しい主婦に代わって祖母が育児を担当します。たいていの家では、母親は授乳のときに子供を抱くくらいで、それ以外は祖母が面倒をみていました。私も小さいときは祖母や祖父と過ごしていて、母と過ごした記憶はほとんどありません。

ただ、当時はどの家も子供の数が多かったので、上のほうの子が親に代わって年の離れた妹や弟の面倒をよくみていたものです。私の家でも、まだ小学校へ上がる前から長女（明美《あけみ》）が三人の妹の面倒をよくみてくれました。

農家の人たちは夕食後も夜なべをして働いていました。昼間は野良仕事に手をとられてできないので、就寝前のひとときに主婦は作業着のつぎあて、着物のつくろいなど、こまごまとした仕事をしていました。私の着物も妹たちの着物もみんな母が夜なべをして作ってくれました。

さて、「お米作り」のお話はこのくらいにして、後半は私がこれまで歩んできた道を振り返ってみようと思います。あんなこと、こんなこと、目を閉じるといろんな情景が浮かんできます。

第二部　一〇〇歳をむかえて思うこと

父が私に「おまえは苦労してきたんだから長生きせえや」と言ってくれたのは、昭和五十九年にわが家を新築したときのことです。

父のこの一言には万感の思いが込められていました。私はその言葉を励みに今日まで頑張ってきましたが、正直、自分が一〇〇歳になるまで生きるとは夢にも思いませんでした。よく働いてきたこの手足も折れていませんし、体も丈夫です。病院の先生に「脳も目も耳も歯も手当てをしなければならないところはどこもありません」と言われました。

私は多くの見えない力に生かされています。私の力ではありません。天地自然の神々様、石川の家のご先祖様方、子供たちに守られて、こうして元気に過ごすことができています。私をいちばん守ってくれているのは正《ただし》さん（明美の夫）です。正さんは生き神様でございます。明美はもう姿を見ることはできませんが、いつも私を見守ってくれています。明美を思い出すときは必ずそばに来て、微笑みかけてくれているような気がします。

四人の子供を育ててきましたが、おかげさまで四人ともまっすぐに育ち、それぞれの立場で社会に貢献してきました。何より高齢の私のことを大切に思ってくれています。ありがたいことです。

さて後半では、これまでの人生をたどりながら思い出すままにつづっていこうと思います。前の本『馬と土に生きる』に書いた話とできるだけ重ならないように気をつけましたが、重なっているところや記憶違いで話の内容が多少違っているところなどもあるかと思いますが、あしからずご容赦ください。

一　生い立ち・結婚・出産

おばあちゃん子

私は大正十二年六月二十四日、堀《ほり》権二、母アイの一男四女の長女としてこの世に誕生しました。父方の祖父は一郎《いちろう》、祖母はイトといいます。弟が生まれたのは戦争も終わる頃で、私より二十歳も年下でした。

私が生まれた頃は大変不景気な頃で、私は六〇〇匁《もんめ》（約二二五〇グラム）しかない赤ん坊でした。母の実家のおばあさんが抱き上げて、「なんや可愛らしいなあ。どうやって育っていくんやろうなあ」と言っていたとか。父方のイトおばあさんもとても心配していたそうです。けれども両親も祖父母もとても大事にしてくれたおかげで、小学校に行く頃にはそれなりに大きくなっていました。

私が生まれて二か月あまりあとの大正十二年の九月一日に関東大震災が発生し、そのときは堀家も大きな影響を受けたと聞いています。二階で寝ていた私を、父の権二が真っ先に駆けあがって守ってくれたそうです。

のちに私の夫となった石川《いしかわ》貢さん一家は、そのときは東京に住んでおられて、おばあさんが貢さんをおんぶして必死に逃げまわったそうです。大震災で焼き出されていた貢さんのご家族は、追い打ちをかけるように終戦後にまた焼き出され、辛苦をなめてこられました。

両親が田んぼの仕事で忙しかったので、小学校にあがるまでは昼の間は一郎おじいさんとイトおばあさんが私の面倒をみてくれていました。イトおばあさんにいろいろな話を聞かせてもらったり、ことわざなんかもたくさん教えてもらったりしていたので、母親よりもおばあさんの影響のほうが大きかったと思います。

一郎おじいさんは私をおんぶして、沢田《さわだ》ハツ伯母さん（一郎おじいさんとイトおばあさんの長女）の家によく連れていってくれました。ハツ伯母さんは私をとても可愛がってくれて、小さい頃はおむつを準備して待っておられ、よく替えてくれたそうです。

今でもよく覚えているのは、小学校へあがる前の三月のお祭りに一郎おじいさんに連れられてハツ伯母さんの家に行ったときのことです。

おじいさんが神社の出店で私に赤い毬《まり》を買ってやろうと言って、小さいほうを買おうとしました。でも私は大きいほうがほしくて、おじいさんの着物の袖にブランコして、「買ってやる」と言うまで地面に体がつくほど垂れ下がって放しませんでした。根負けしたおじいさんは、仕方がないなあという顔をしながら大きいのを買ってくれました。嬉しかった！　さっそく自慢の毬でお友達と毬つき遊びをしました。お友達はどの子も二十回か、多くても三十回くらいしかつけなかったのに、私はその毬を七十回でも八十回でもついて得意になっていました。

厳しかった父

戦時中、私の家に昭和天皇の書の先生をしておられた相沢茂《あいざわしげる》（筆名：春洋）さんという人が疎開しておられ、書いたものをたくさん残していました。居間にはそうした書が飾られていました。そのとき父が書の掛け軸や表装や筆などを作っていたのですが、それらが上野の美術館で展示され、北日本放送局のスタッフが家に取材に来ました。

父はとにかく器用な人で、たとえば筆は稲ワラを水にさらして、あく抜きをしてから作るといったように、身の周りのものを上手に利用して見事なものを作り上げていました。何をやらせても本当に上手でした。

几帳面で曲がったことが大嫌いで、子供のしつけにも大変厳しい人でした。たとえば、食事中は茶わんや箸の持ち方からクチャクチャ音を立てて食べてはいけない等々、細かく注意していました。勉強についてはとくに厳しくて、どんなに忙しいときでも仕事から帰ってくると、「そこに座って学校の宿題見せれ」といってノートを確認していました。

答えが間違っていたら容赦なくほっぺをたたくのです。それも両方のほっぺをたたくので左右に揺れるでしょ。すると「座りなおせ」といって、またたたくのです。

でも私は泣きませんでした。泣かない子でした。泣いたら自分に負けたような気がしたのでしょう。泣いた記憶といえば、小さいとき歯が痛くなって、学校のそばの歯医者さんに連れていってもらったときくらいです。そのときは「痛い、痛い」といって泣いたことをよく覚えています。

昔は父親のことを「とっと」と言っていました。一郎おじいさんが「とっとが帰ってこん前に、早く宿題やっとけ」と言っていたことを思い出しました。

父に田んぼの仕事を仕込まれる

私は学校の先生になりたいと思っていたので、師範学校に進学する準備をしていたのですが、「百姓に生まれたもんは百姓んところへ嫁に行くんだから学問はいらん」というのが父の考えでした。しかも私が高等小学校二年生のとき（昭和十二年）に支那事変がはじまり、つづいて昭和十六年には大東亜戦争（太平洋戦争）がはじまったために、結局、上の学校に行くのは断念せざるを得ませんでした。

卒業した三月の終わりは田んぼを起こさなくてはならない時期だったので、父は「女だって、できんことはない」と言って、私に馬耕を教え込んだのです。当時は戦時下で、男手を戦争にとられていましたから、女性は「銃後を守る」

といって、男性がしていた仕事も積極的にしなければならない時代ではありましたが、習いはじめたのはまだ十四歳で、しかも女の子ですよ。馬はいうことをきかないし、本当に大変でした。

でも私が頑張れば父も母も喜んでくれます。親を喜ばせたいばかりに必死に練習しました。その甲斐《かい》あって十六歳のときに「女子馬耕伝習会」で優秀な成績をおさめることができて、父もとても喜んでくれました。

結婚してからもしばらく馬耕をつづけていましたが、戦後、トラクターなどの農業機械が普及するようになり、私の馬耕も終わりました。私が若かった頃のことを知っている人は、「あんたぁ、ひどかったね。よく頑張ってたね」と言ってくれます。そのように言ってくれる人は、自分も経験してきたのでわかるのでしょう。楽に過ごしてきた人には、その大変さはわからないと思います。

父が決めた結婚

昭和二十一年二月二日、二十三歳のときに、私は実家とほんの目と鼻の先に住んでいた石川貢さんと結婚しました。父が決めた結婚でした。二十三歳といえば、当時としては晩婚でした。

その頃は十八歳くらいで結婚するのが普通でしたが、私の家は男の子がいなかったので、長女の私が男の仕事であったあらくりやしろかきなどの田んぼ仕事をしなくてはならなかったのです。

夫の貢さんは二男二女の長男で、大正十一年に東京で生まれ、私より一歳年上。中部の小学校（現在富山市水橋中部小学校）の先生をしていました。

貢さんは父が気に入った人だけあって、とても几帳面でしっかりした人でした。

夫としては申し分ない人ですが、私がいやだったのは、石川家の農作業を私一人で全部しなければならないということでした。石川家はこの土地の出身でしたが、昭和二十年にこちらに家を建てる前までは東京に住んでいて、小作に出していた一町の土地（八反の田んぼと二反の畑）を返してもらい、もとのところに戻ってきていたのです。

東京で警視庁の私服刑事を務めていた舅《しゅうと》の善吉《ぜんきち》おじいさんも、姑《しゅうとめ》の千代《ちよ》おばあさんも子供たちも、家族の者はみな農業の経験がなかったので、経験豊富な私が一人でやるしかありませんでした。たかだか一町足らずの田んぼとはいえ、田起こしから返し田、あらくり、しろかき、畦ぬり、田植え、草取り、稲刈り、脱穀……と一連の農作業をすべて一人でしなければならないなんて、考えただけでいやでした。

その頃は量産、量産ということで二毛作もしていましたから、お米の収穫が終わったら休む間もなく大麦、小麦、じゃがいも、紫雲英などを植えていました。これももちろん、みんな私一人でやらなくてはならないのです。

私は「三町でも五町でも、みんなで力を合わせてやる家だったら（嫁に）行く。一人でやるなんて絶対いや」と言ったのですが、耳を傾けてくれるような父ではありませんでした。母はそんな父娘のやり取りを聞きながらも、嫁入りのふとんを一生けんめい縫っておりました。

まず「はしとり（足入れ婚のこと）」というかたちで嫁ぐことになりました。昭和二十年十二月三十日のことです。父に頼まれたのでしょうか、仲人役を引き受けてくれた酒屋の権三郎《ごんざぶろう》おじいさんが、「おまえは、あの家へ行かにゃならんのや」と、ポツリと言った言葉が妙に耳について離れませんでした。

その晩は雪がしんしんと降っていました。石川の家で挨拶などをしているときでした、「火事だ、火事だ！」とけたたましい声が聞こえてきたので、あわてて外に出てみると、家の後ろの神社から真っ赤な火が見えました。父と母はてっきり石川の家が火事になったと思い、腰が抜けて歩けなくなったそうです。

あとでわかったのですが、夜警をしていた青年団の人たちが、夜警が終わってみんなが帰ったあとに寄合所の火鉢から火が出たとのこと。その火事で神社が丸焼けになりました。

昭和二十一年一月二十五日に「はしとり」からいったん実家に帰ってきて、昭和二十一年二月二日に正式に婚礼の式を挙げました。

でも新婚気分なんてものはまったくありませんでした。私には石川の家の農作業が待っていたからです。春二月というのに石川の田んぼはまだ畦もぬっていなかったので、すぐやらなくてはと思って農具を探したのですが、鍬ひとつないのです。しかたがないので実家に行って、それまで自分が使っていた鍬をもってきて田んぼに行きました。

雪がちらほら降る中で、わらじをはいて、うす氷の張った田んぼに入り、けんめいに畦をぬりました。途中から足の感覚がなくなっていました。でも、結婚する前から農作業に明け暮れる毎日だったせいか、その頃はよく太っていて、足も太くなっていたので感覚を失っても気になりませんでした。そんな私の足を見た母が、「普通の人は一尺一寸のきゃはんだけど、あんたのは一尺四寸のでなきゃダメだね」と笑っていました。

長女を出産

翌年の昭和二十二年の四月三十日に、長女の明美が生まれました。二十五歳での初産でした。実家でお産したのですが、ひどい貧血になり、心臓も弱くなっていました。寝ていると、「ジー、ジー」とセミが千匹ほど鳴いているような音がするので、「あら、今ごろセミが鳴いとるよ」と言うと、「なに言うとるね。四月だよ。セミが鳴くわけないがね」と母に笑われました。

お乳が出るようになったらなおさら貧血がひどくなり、痩せて痩せて体重は四十六キログラムしかありませんでした。そのとき遊びに来ていたカワセのおばあちゃんが私の足を見て、「あんれ、一人子供を産んだら足が細くなったのう」とびっくりしていました。自分では細いとは感じていなかったのですが、母に笑われた太い足もすっかり細くなっていたのです。

一人で何もかもやらなければならない田んぼ仕事は大変でした。でも辛いとか苦しいなどとは言えませんでした。田んぼができないとぼやいたら父を失望させてしまうと思い、精いっぱいやっていました。

それでも父に「おまえのしとることが、自分ではそれで満足だと思うとるかもしれんが、お舅さんにとっては満足のいくものではないんだぞ」と言われたときは本当に悲しかった。

父は舅の善吉おじいさんが私の仕事に満足していないと感じて肩身の狭い思いをしていたのかもしれません。親を立てることができなければ自分が自分らしくいられません。父からその言葉を聞いて、私は父に恥じないような娘でありたいと思い、それまで以上に仕事に励みました。

次女を出産

長女を出産した翌年にけい子をみごもりました。お腹に入っているときもまだ貧血がひどくて、草に足をとられて転んだときに起き上がることができませんでした。お腹に子供がいるというのに、ろくなものを食べていなかったので、その体力がなかったのです。

恥ずかしい話ですが、ぬか味噌の汁をなめたり、漬け物桶から古漬けの菜っ葉四〜五本や、煮干しの頭なども割烹着のポケットに入れて食べていました。空腹にたえられなくなったときは、こっそり実家からごんだの小芋をもらってきて食べたこともありました。

昭和二十四年六月四日にけい子が生まれました。前日の三日まで田植えをしていて、四日の朝、お腹が痛くなり、実家でお産しました。六月というのに寒くて寒くて、心臓もしめつけられるように苦しかったことを覚えています。

痩せこけて貧血もひどかったのですが、いつまでも休んでいるわけにはいかなかったので、けい子を連れて石川の家に帰ってきました。そのとき千代おばあさんに、「若いときは産後であろうと何であろうと仕事ができるもんだ」と言われましたが、とても農作業ができるような状態ではありませんでした。

でも、石川ではすでに川口の仕事がはじまっており、ぐずぐずしているわけにはいきません。石川の家には馬がいなかったので実家から借りてきて仕事を済ませ、やっとの思いで馬を戻しに行くと、イトおばあさんが「腹が減ったろう」と言っておにぎりを食べさせてくれました。

もう生きていてもしかたがない

二人目の子供をお産してからは毎日目先の仕事に追われ、自分がどちらを向いているのか、今日は何日なのか、何曜日なのかもわからないような生活をしていました。

そんなある日、田んぼ仕事を終えて家に帰ったら、鍵があちこちかけられていて中に入れないのです。家の中は電気がついているのに、戸をたたいても誰も開けてくれません。ショックでした。

そうか、出ていけということなんだな。もう生きていてもしかたがない……。そう思って夢遊病者のようにフラフラと大きな道路のほうへ歩いていきました。無意識に足が向いていたのです。

道路の脇にぼんやり立っていたら向こうから大きなトラックがやってきました。夕暮れ時でトラックのライトは明るく、まるで極楽浄土の光のようでした。その光が「おまえ、そこで何しとる? こっちへ来い。ここへ来たら暖かいぞ」と私を誘っているような気がして、そちらに吸い込まれそうになりました。が、そのときハッと我に返り、「いかん、いかん。私はどうかしている」と思い、とっさに後ずさりました。神経がだいぶ衰弱していたようです。

家に入れないのなら実家に泊めてもらうしかないと思い、実家に寄って父にわけを話しました。それまでにもいろいろなことがあり、それをずっと見てきた父はすべてを察したようで、「もう戻ってくるか。おまえが戻ってくるなら小さい家ならどこにでも建ててやる。義父さんが(迎えに)来られたら、俺が一部始終話すもりだ」と言ってくれました。とは言ったものの、「目と鼻の先に嫁いでいて、二人の子供もいるから簡単に戻ってくるわけにもいかんしな」と、独り言のようにつぶやいていました。

母は私の顔を見るといつも「帰ってこい、帰ってこい」と言っていました。母の目の前で姑が私をひどく怒鳴りつけたこともあり、ふだんからいじめられていることを知っていたので、かわいそうでたまらなかったようです。

父は「今夜はゆっくり休むといい。明日、神社で盆踊りをやるのでいっしょに行こうや」と誘ってくれました。ふさぎ込んでいる娘を見て、父としてはみんなといっしょに踊れば少しは気が晴れるのではないかと思ったのでしょう。

その晩は目が冴えて一睡もできませんでした。

朝になっても死にたいという気持ちは変わっていなかったので、最期に踊るのも悪くないと思い、父についていき、盆踊りに参加することにしました。

変装して神社で盆踊りを踊る

近所の人に気づかれないように、母が出してくれたイトおばあさんの地味なゆかたを着て、編み笠を深くかぶり、みんなに交じって踊りました。踊っているうちにだんだん楽しくなってきて、夢中になって踊りました。

知らなかったのですが、その盆踊りは一等、二等……と賞が付いていて、なんと私が一等に選ばれたのです。住所と名前を聞かれたのですが、石川の家の者にわかったら困るので、そっと隠れて実家に帰りました。ところが、たまたま貢さんが見に来ていて、手を見て私だとわかったそうです。

生まれ変わった私

心地よい疲れで、その晩はぐっすり眠ることができました。

翌朝、目を覚ますと窓からお日さまが見え、居間からにぎやかな声が聞こえてきました。暖かい光が私を包み込み、「くじけるな、頑張れ」と応援してくれているようで、なんともいえない幸福感に満たされました。不思議なことに鬱々とした気分が吹き飛んで、爽やかな気分になっていたのです。死にたいという気持ちも消えていました。

「私は生きている。死ななくてよかった」と生きていることの尊さを、このときほど強く感じたことはありませんでした。

同時に、自分はまわりの人々、世の中のあらゆる事・物、大自然からたくさんのおかげをいただいて生かされていることを改めて実感すると、心の底から喜びが湧き上がってきました。そして、これからはしっかり生きていかなければと背中に一本筋がビシッと入って背筋が伸びたような気がしたのでした。

今までは耐えているつもりでしたが、自分でそう思い込んでいただけで本当の意味での耐える力がなかったのです。でも、そういう自分は昨夜で終わりました。生まれ変わらせていただいたのだから、今日からは新しい自分となってしっかりと生きていこうと決心しました。

自分のことで親に心配をかけてはいけない。そういうことは恥ずかしいことなのだと自分に言い聞かせ、これからは絶対に心配をかけまいと心に誓いました。そして、私のことが心配でならない母には、「もう大丈夫だから心配せんといて」と言って安心させせました。

神社で盆踊りをしていて貢さんに気づかれてしまった以上、私もいつまでもこうしているわけにはいかないので、父に「帰ります」と言ったら、「そうか、わしは止めることはできん。おまえの好きなようにするといい」と一言だけ言って、あとは何も言いませんでした。

その一言こそ、私が生まれ変わったことを確証するものであり、のちに私が三女と四女を授かる元でもあるのです。父のその一言がなかったら三女と四女はこの世にいません。

石川の家に帰ったときに善吉おじいさんに「どうして鍵をかけたの?」と聞いたら、「ハハハ、おれ、そんなこと知らんよ」ととぼけていました。舅らしい答えです。

舅は私が子供の保護者会で学校に行っていると、すぐ有線放送で職員室に電話をして私を呼び出し、「何時に終わるんだ。早く帰って田んぼをせい」と言っていました。

また、「温泉に行く」と言ってオートバイで出かけたとき、家の裏のほうからそうっと歩いて戻ってきたことがありました。自分がいないときに私がどんなことをしているのか監視にきたのです。舅はそういう人でした。

悩みは自分で解決するもの

生まれ変わって新しい自分になったといっても周囲の状況が変わったわけではありません。善吉おじいさんと千代おばあさんは相変わらずでした。私のことを言っているのをよく耳にしていた真知子が、父親（貢さん）に「お母さんがかわいそうでしょ。どうして言い返してあげないの?」と聞いたことがあるそうです。

そのとき貢さんは、「お父さんが言い返したら、この家はどうなるのかわかっているのか?」と言ったそうです。家の中が波風たたずに平和に回っていくためには自分が黙っていることがいちばんだと考えていたのでしょう。私もそう思います。でも、貢さんは私の話（愚痴も）をよく聞いてくれました。私は夜、床に入って寝つくまでに、その日にあったことやいろいろなことを貢さんに話していたのですが、いつも「そうか、そうか」と聞いてくれていました。

誰かに自分の悩みを聞いてもらったとしても何の解決にもなりません。苦悩は自分で乗り切っていくしかありません。試練は人を磨き、強くします。私も嫌なことを言われたり聞いたりしても、聞き流す術をいつの間にか身につけて、私なりに強くなっていきました。

いま思うのですが、あのとき自分は生まれ変わったのだから、悩みも苦しみも消えてしまったと思い込んだのは、それ以上悩んだり苦しんだりしていたら自分が壊れてしまうことを本能的に感じたからかもしれません。生まれ変わったと信じ込むことで命の危機を回避したのでしょう。

それでよく今まで生きてこられたものだ

足がむくんでパンパンにはれ、体がだるくてだるくて仕方がなかったので、水橋西部のほうで指圧をしている先生に診てもらうことにしました。その先生は東洋医学に精通していて、患者さんの体をさわっただけで、その人がどういう人なのかを見破ってしまう名医ということでした。

先生が私の体を指圧しながら、「かわいや、かわいや、細い神経一本でつながっとるよ。大変な思いをしてきたんだなあ。こんな状態でよく今まで生きてこられたものだ」と言われました。

毎日、きつい農作業のうえに、ろくな食事もとっていなかったからでしょう。先生がびっくりするほど衰弱が激しかったのです。

石川の家では食事はいつも私が最後。「おまえ一人で食べれ！」と言われ、みんなの残り物をかき集めて食べていました。子供にお乳をあげなくてはならないのにろくな食べ物もなくて、茶わんの中に涙をポトン、ポトンと落としたこともありました。

その治療院は貢さんが教員をしていた地域にあったので私が石川の人間とい

うことが先生にバレてしまい、とても恥ずかしい思いをしました。

今度こそ男の子を

昭和二十六年一月二十四日、三女の千恵子《ちえこ》が生まれました。今度こそ男の子とみんなが期待していたのに、またもや女の子。なんで男の子が生まれないのかと悲嘆されました。でもイトおばあさんは「五体満足で生まれてくれて結構なことだ。神様が与えてくれた命だよ」と励ましてくれました。

千恵子は比較的体が大きく、活発な子でした。

昭和二十七年、千恵子が一歳のとき、私が神奈川県で行われた馬耕の全国大会に参加して帰ってきたときに聞いた話ですが、お守りをしていた千代おばあさんが、ちょっと目を離したすきにいなくなって大騒ぎになりました。

「どうしよう、どうしよう」とおばあちゃんがうろたえていたら、隣の奥さんが「捜してあげましょう」と言っていっしょに捜してくれました。

千恵子が行きそうなところといえば、母親の私がいつも働いている田んぼに違いないと思って、おばあさんと奥さんが田んぼのほうに捜しに行きました。まだ刈り入れ前で田んぼは見通しがよくなかったのですが、奥さんが、「ほれ、あそこに赤いものが見えるわ。あれがそうじゃないの」と指さしたので、その方向へ急いで行ってみたら、やっぱり千恵子でした。千恵子が赤い袖なしを着て、畦を枕に寝ていたのです。無事で良かったけれど、万が一のことがあったら大変です。

また、千恵子が三歳の頃にこんなこともありました。急に姿が見えなくなったのでみんなで捜していたらニワトリ小屋からひょっこり出てきたのです。口元に卵の黄味をつけて。はは～ん、卵をチューチューと吸ったのね。殻をぐちゃぐちゃにしないで、よく上手に吸ったものだと妙に感心してしまいました。

小さい頃から千恵子はめったに泣かない子でしたが、一度だけ泣いているのを見たことがあります。板切れに乗ってピュー、ピューとすべって遊んでいたときに板が裂けて足にトゲが刺さったのです。そのトゲをそうっと抜いてみたら血が出てきたので、それを見て、びっくりして泣いたそうです。痛いというよりショックだったからでしょうね。

これは小学五年生のときの話ですが、千恵子はピアノが上手だったので富山の大澤《おおさわ》先生のところに通っていました。ある日、レッスンが長引いて帰りが遅くなり、いつも乗る電車に乗り遅れたようです。そこで千恵子は次の電車に乗ったのですが、乗り換え駅でいつも乗り換えている電車はもう出てしまったあとでした。どうしたらいいかわからず、ベンチに座っていたら駅長さんがやってきて、「どうしたの?」と声をかけてくれたので、わけを話すと「じゃあ、こっちへいらっしゃい」と言って駅長室に連れていってもらい、牛乳とパンをいただいたというのです。

そんなこととは知らず、家のほうではてんやわんやの大騒ぎになっていました。夜九時に先生に電話をしたら、とっくに帰りましたと言われ、警察に連絡しようとしていたときに駅長さんを通して先生から電話があり、みんなホッと胸をなでおろしたのでした。

明美ちゃん、ありがとう

田植えの時期に、五歳の明美が、三歳のけい子と一歳の千恵子を乳母車に乗せて、田んぼ道を押してきたことがありました。乳母車におむつをちゃんと入れて。この乳母車はけい子が生まれたときに貢さんがボーナスで買ってくれたものです。

明美は本当によく気がつく子でした。千恵子がはいはいをして戸を開けようとしていたら、「危ない！」と言って通せんぼして守ってあげたり、戸棚を開ける猫がいたので、戸棚の魚を取られないように竹でつかえをしたりと、感心することばかりでした。

小学三年生ともなると農家の子供は田んぼを手伝わされていましたが、明美には妹たちの面倒をみてもらっていました。農繁期に私がお手伝いのみなさんと田んぼ仕事をしていたら、明美が「煮干しのカレーライスができたから食べませんか」と言いに来たことがありました。電気釜なんてない時代ですから大きな羽釜でご飯を炊き、カレーをこしらえて。誰に教えられたわけでもないのに。私がするのを見て覚えたのでしょう。明美ちゃん、ありがとう。

四人目も女の子！

昭和二十九年一月十九日に四女の真知子《まちこ》が生まれました。そのときも今度こそと、みんなが男の子を期待していました。実家の母は男の子の着物を作って待っていました。

私は真知子がお腹にいるとき毎日自分のお腹をなでて、「女の子でもいいから、大きくなったら世のため人のために尽くすような子供になれたら、それでいい」と言っていました。

とはいえ、生まれたときに産婆さんから「女の子です」と言われたとき、正直「あ〜」と思いました。でも千恵子が生まれたときにイトおばあさんが言っていたように、五体満足なら喜ばなくてはと思い直しました。

子供は三人までは実家で産んだのですが、真知子だけは石川の家の二階で産みました。

母が顔を見にきて、「あれー、この子は頭が大きいね。お産するときえらかったやろ」と言うので、「いや、そんなことない。軽かったよ」と言うと、「そんなら良かった」と笑っていました。

ところが、だいぶ経ってから貢さんが、「ちょっとこの子を病院へ診せに行ってくるよ」と言うのです。「なんで？」と聞くと、「頭に大きなタンコブができとるじゃないか」と深刻そうな顔をして言います。私はおかしくて、おかしくて、「タンコブなんかじゃないよ。この子は生まれたときからこうだったんよ。うちのおっかさんに、この子はきっと頭のいい子だよと言われたよ」と言うと、「へえ〜、そうか、初めて見たよ」と真面目な顔をして言うので、それがまたおかしくておかしくて。

頭が大きかったせいかどうかわかりませんが、真知子は仰向けでは寝にくいのか、横向きばかりで寝ていました。

この子を死なせてなるものか

うちの子たちは毎年三月になると「肺炎」を、五月になると「はしか」を交代でやっていました。農作業の忙しいときでしたから大変でした。末っ子の真知子は昭和三十二年、三歳のときに高熱を出して生死の境をさまよいました。

お医者さんに「ストレプトマイシンという薬がありますが高いですよ。どうしますか?」と聞かれたので、貢さんが「お願いします」と言って、祈るような気持ちでそれを使いました。四時間おきに七回使わないと効果がないそうで、毎回時間どおり医院に取りに来るようにと言われ、明美に取りに行かせていました。

そのときはちょうどお祭りだったので私はごちそうを作らなくてはならなかったので、実家の父と母が来てくれて、貢さんといっしょに付きっきりで見てくれました。私も気が気でなくて、台所からちらちらと様子を見ていました。

七回めの薬が終わったときでした。真知子の意識が戻ってムニャムニャと何か言ったときは、みんなとび上がって喜びました。

あとで知ったのですが、ストレプトマイシンというのは細菌感染症の治療に用いられる抗生物質で、日本で製造ができるようになったのは昭和二十四年だそうです。

また、真知子は五歳のときにはしかをやったのですが、下痢がひどくて一日に何回もおむつを替えなくてはなりませんでした。十九回替えた日もありました。忙しくて半日も替えられないときは下痢が胸元くらいまで上がってきて、着物もびしょびしょ。

子供を育てるのも厳しい、仕事も厳しい。でも泣き言は言うまい。いい種をまけば、いい実がつく。「頑張りや、頑張りや」と、右手でネジを巻き、左手でネジをほどいていました。

真知子は小学校へ上がるまでは、ほとんど外に出ないで家の中で本ばかり読んで過ごしていました。誰も字を教えていないのに、いつの間にか読めるようになり、姉たちの教科書や参考書を読んでいました。わからない漢字は飛ばして読んで、だいたいの筋をつかんでいたようです。

私の実家に遊びに行くときは、風呂敷に本をいっぱい入れて持っていっていました。権二おじいちゃん（私の父）にねだって、本を買ってもらうこともありました。貢さんも自分はぜいたくをしないで、子供がほしがるものは惜しみなく買ってやっていました。真知子が言うには、中学生の頃には本を買いたいと言うと、いつも千円くらいくれたそうです。

二　日々の暮らし・子供たちの成長

わが家は自然の恵みがいっぱい

わが家の庭にはいろいろな種類の樹木や花があって、四季折々の風情を楽しませてくれました。風のそよぎに揺れる木々の葉、ただよってくる花の香り、鳥のさえずり、秋の夜長の虫たちのコーラス、思い浮かべるだけでも安らかな気持ちになります。

木や花には鳥や昆虫やカエルなど、さまざまな生き物が集まってきます。子供たちが幼かった頃にはバッタやトンボやカエル、蝶《ちょう》、セミたちがよい遊び相手になっていました。これは千恵子から聞いた話ですが、子供の頃、カエルの両足をつかんでお尻からプーッと息を吹き込んだりして遊んでいたそうです。

わが家の庭にどんな種類の植物があったのか千恵子が思い出して書いてくれたので、ここにご紹介します。

〈石川家の庭の植物たち〉

柿は甘柿・百目柿・ゆたん（先祖代々のもの）・とろませ・筆柿の五種類／栗の木／杉の木／ホオの木／カリンの木／イチジク／グミ／ユズ／ツバキ／カ

エデ／サルスベリ／しだれ桜／ススキ／アケビ／ヒガンバナ／ラン／ミョウガ／リュウのヒゲ／レインボーファン／カラスウリ／ナキリスゲ／ユリ／なんてん／どくだみ／ウノハナ／アオキ／ヤマブキ／アジサイ／センリョウ／マンリョウ／ドラセナ／レザーファン／ハラン／ホトトギス／ホオズキ／タチイチイ／ハイイチイ／金モクセイ／銀モクセイ等々。

実りの秋にはわが家の五種類の柿もおいしい実をたくさんつけました。

柿は「果物の王様」と言われるだけあって、ビタミンCを豊富に含んでいるだけでなく、タンニン、カロテン、カリウムなどさまざまな栄養素を含んでいます。実だけでなく皮や葉にも栄養素がいっぱい詰まっているので、子供たちといっしょに一晩に二〇〇個もむいて干したこともあります。干し柿だけでなく、皮を漬け物に入れたり、葉を干して柿茶を作ったりなど、いろいろなものを作っていました。

栗の実は一つの中に仲良く三つ入っていますが、種（実）から植えて育てるときは中の実を植えると良い芽が育ちます。端っこの大きい実はなぜか育ちにくいのです。不思議ですね。

ところで、山のほうに畑を借りてサツマイモの苗を植えに行ったりしていた頃、私は子供たちが誕生した際に、一人ひとりに植木を買って庭に植えていました。明美―タチイチイ、けい子―ハイイチイ、千恵子―金モクセイ、真知子―銀モクセイでした。

庭の植木を紹介したついでに、わが家で作っていた作物も書いておきます。

〈石川家で作っていた作物〉

米／もち米／大麦／小麦／インゲン／アズキ／エダマメ／カボチャ／ゴボウ／ニンジン／ピーマン／ナス／ナガイモ／サトイモ／ダイコン／菜の花／ジャガイモ／サツマイモ／タマネギ／キャベツ／はくさい／トウモロコシ／ゴマ／スイカ／マクワウリ／カブ／トマト／キュウリ／ホウレンソウ／ネギ等々。

サツマイモは自宅から遠いところに畑を借りて作っていたので、毎年家族でリヤカーを引いて収穫に行っていました。行きは子供たちをリヤカーに乗せて行き、帰りは後を押させていました。子供もよく覚えていて、行きは楽しかったけれど帰りはきつかったと笑っていました。

おはぎをおいしく作るコツ

もち米で「おはぎ」や「おもち」をよく作りました。おはぎを作るときは、あんこも粒あんとこしあんの二種類作っていました。

戦後間もないときの話ですが、善吉おじいさんが、おはぎを食べたいというので作ってあげることにしました。砂糖が欠乏していた時代で、甘味は薬局からサッカリンという人工甘味料を買ってきて使っていました。

ちょっとしたコツですが、実はアズキを煮るときにカサギ柿という種のない柿を五個ほど入れると甘味が増すだけでなく、きれいな色になるのです。

おいしそうにでき上がったおはぎを神様に十個お供えし、おじいさんにも十個あげたところ、「うまい、うまい」と言って、あっという間に全部ペロッと食べてしまいました。

けい子が手伝いに来てくれていたので、帰るときに持たせてやりました。それを食べたお姑さんが、「どこの店で買ったんか。こんなおいしいおはぎは初めてだ」と言われたので、お母さんが作ったと言ったら、「こんなの作れるはずがないやろ」と言うので、作るところを見ていたと言うと、とても感心していたそうです。

いろいろな種類のおもち

おはぎのほかに、おもちもよく作りました。草もち、きな粉もち、辛子もち、あんこもち、豆もち、昆布もちなどいろいろな種類のおもちを作っていました。草もちは中にあんこを入れて、小さな花模様の焼き印を火の中に入れてパッパッとつけていました。ジュージューと音がするので子供たちも楽しそうに見て、参加していました。

昆布もちは珍しいかもしれませんが、十五～二十センチくらいの長いもちを作り、昆布を細く切っておもちの中に入れ、少し日にちが経ってから一センチ幅くらいに切り、縄に通して吊《つ》るし、水分を飛ばします。この昆布もちがとてもおいしいのです。

あるときはアズキを炊いて赤飯を作り、あつあつの赤飯を大きな寿司桶に盛ると孫たちがみんな集まり、「おいしい、おいしい」と言いながら手づかみで食べました。バイキングみたいで楽しかったようです。お行儀が悪いなんて言わないで、たまにはこういう食べ方も気分が変わって楽しいのではないでしょうか。

また、いきのいい鯖《さば》があると買ってきて「鯖寿司」を作っていました。鯖は七輪の炭火で焼いて、酒と砂糖と塩の汁に漬けておき、お寿司用の木箱に「ごはん、鯖、ごはん、鯖……」と三段に重ねて上に石を置き、一晩寝かせます。そして翌日、寿司の上に細切りした卵焼きや山椒《さんしょう》の葉などを置いて切り分けていただくのです。これが評判良くて、「こんなにおいしく作れるんだったら、お店に出してください」と言われていました。

おもちにしても鯖寿司にしても、プロの職人さんが作っているところを見てコツをつかみ、私なりの工夫やアイディアを加えて作っていました。そうすると職人さんもびっくりするくらいおいしくできたのです。

わが家の夏の風物詩

夏になると冷たい井戸の中やタライに水をたっぷり入れて、スイカやマクワウリ、トマト、キュウリなどを冷やしていました。新鮮そのもので、おいしくて、子供たちも喜んで食べていました。

また、夏が近づくと、わが家では畳をあげて、外で干していました。そのとき畳の下からタケノコがひょっこり顔を出していて驚いたり、畳を出したあと板の間を掃除していると五円玉を見つけて、「ここにあったよ！」と喜んだり。

また、何枚もある戸や障子もみんな外に出して、ほこりを払い、ホースでジャーッと水をかけて洗っていました。障子が乾くと、あらかじめ小麦粉をねって作っていた糊《のり》をはけでスルスル～ッとつけながら手早く紙を貼っていきます。子供たちも手伝ってくれて、みんなで一気に済ませていました。これもわが家の夏の風物詩の一つでした。

子供たちの衣服も手作り

貢さんが学校から給料をもらってきても、そのお金はほとんど彼のきょうだいの学費や結婚資金などに使われて、私のお小遣いなどはまったくありませんでした。

私は少しでも家計の足しにしようとして、時間を見つけてはムシロを織って売っていたのですが、一枚の単価はささいなものでした。どれだけ織れば義妹が嫁入りに使ったお金に匹敵するのだろうかと、ざっと計算してみたら数千枚は織らないとその額には届かないことがわかり、愕然《がくぜん》としました。

貢さんは子供の教育に必要なものは惜しまずに買ってあげていましたが、子供も私も新しい服などめったに買ってもらえなかったので、私が夜なべをして縫ったり編んだりしていました。

娘たちには赤ちゃんのときからケープや手袋や帽子などいろいろなものを作ってやっていました。編み物は小学校のとき師範学校を卒業して来られた先生に、手芸の時間に基本を習っただけですが、子供の喜ぶ顔が早く見たくて夜中にササッと仕上げていました。

末っ子の真知子にミトン（親指だけが分離し、他の四本指がまとめられている手袋）を作ってやったときに「指が五本あるのがほしい」というので、夜なべをして五本指のある手袋に編みかえて翌朝もたせてやったことがあります。

そういえば三女の千恵子が長女をお産したときに手伝いに行き、夜なべで赤ちゃんの帽子やケープ、靴下、手袋を編んでテーブルの上に置いておいたら、翌朝千恵子が「これ、お母さんが一晩で作ったの？」とびっくりしていたことを思い出しました。

服や持ち物は無駄にしないで、子供の成長につれて小さくなったスカートやブラウスは、かわいい柄のハギレやレースなどを足して大きくしていました。また、セーターはほどいて蒸し、編み直して着せていたので、どの子もボーダー柄（縞模様《しま》）のセーターを着ていました。着古して細くなった毛糸は二本取りして編んでいました。

また、子供たちが小学生のとき通学で着ていたうわっぱり（スモック）には付け替え自由な白い衿《えり》をつけていました。それを見た人が、「お子さんが四人もいるのに、いつ見てもパリッと真っ白な衿をつけていますね」と感心しておられました。でも、衿だけ外してササッと洗って糊をつけ、毎晩夫のワイシャツにアイロンをかけるときにいっしょにかけていたので大した手間ではありませんでした。

子供たちの散髪も、散髪屋さんのバリカンやハサミの使い方をまねして覚え、ササッとしてやっていました。何事をするのにも手早さは私の得意とするところです。

当たり前のことをしただけなのに

そういえば、こんなこともありました。稲刈りで忙しい時期に、千代おばあさんの妹のご主人の田村《たむら》さんが家に来られたときの話です。千代おばあさんの妹は反物屋をしていて、千代おばあさんが頼んでいた着物をご主人が届けに来てくれたのです。田村さんは元大手建設会社の専務をしておられた方で、大変立派な人格者でした。

お昼時にさしかかったので食事をしてもらおうと思って、二階に置いてある御膳櫃《ごぜんびつ》から高御膳をもってきて、ありあわせのものをいくつかの小皿に盛りつけて善吉おじいさんといっしょに出しました。

今でも覚えているのですが、お出しした総菜は、アジの干物、野菜（ジャガイモ、サツマイモ、人参など）の天ぷら、豆の煮たもの、豆腐のおつゆ、大根の酢の物、お新香でした。

早く田んぼに行かなくてはならなかったので、挨拶もそこそこに田んぼに行ったのですが、田村さんがおうちに帰ってから奥さんに身ぶり手ぶりで私のことをほめちぎられたそうです。私が手早く食事の用意をして高御膳でお出ししたことが田村さんのうちのやり方とちがっていたので驚かれたのかもしれません。その話を繰り返しするので、奥さんがカッとなって私のところにどなりこんできたのです。

「うちの主人は人をほめたことがない人なのに、あんたはうちの主人に何か芸をしてみせたんやろ。どんなことをしたんや。その芸を私の前でしてみせてくれ」と言って畳をたたくのです。ものすごい剣幕でした。

私はどんなに忙しいときでも善吉おじいさんには朝・昼・晩と三度の食事を高御膳に盛って出していました。この習慣はおじいさんが亡くなるまでつづけていたので、私としてはごく当たり前のことをしただけなのに、なんでそんなに怒られるのかわかりませんでした。

ただ、私は農作業中でも台所に立つときは手ぬぐいを取り、モンペを脱いで長ズボンをはき、白い割烹着を着てからやっていたので、その素早さや作法に感心したのかもしれません。

不意のお客様が見えたときでも慌てないですんだのは、私は料理をするときは余った素材を無駄にしないために煮物や炒め物、揚げ物などを同時に作っておく習慣があったからです。ですから鍋も大鍋、中鍋、小鍋といくつもあり、どの鍋にもなんらかの料理したものがいつも入っていました。子供たちが言うには子供の頃、学校から帰ると、「今日のおかずは何かな？」と楽しみにして蓋をとってのぞいていたそうです。

とつぜんお客様が見えても、夏だったらソーメンをさっとゆでて出したり、冬ならありあわせのもので丼ぶりものをこしらえたり、ご飯が足りないときは具だくさんの煮込みうどんをつくって、漬け物などを添えてお出ししていました。

漬け物は大根、キュウリ、人参、ナス、ミョウガなどいろんなものをたくさん漬けていましたので、こんなときに重宝しました。味噌も手作りしていました。白菜も大きな樽《たる》にいっぱい漬けていました。マクワウリを塩でかるく揉《も》み、何度も何度も粕《かす》に漬けて食べていました。これがまた本当に美味しいんです。梅干し、梅酒も作っていました。おいしいお米とおいしい漬け物、最高のごちそうです。

あんたは貢の上だ

不意のお客様でもなかったのですが、貢さんが校長をしていた頃に、東京の理科の先生が家にお見えになったときの話です。貢さんがその先生に「奥さんはどういう人なのか、見てみたい」と言われ、断れずにしぶしぶお招きしたということでした。

先生のほかに小学校の先生が二人ついてきていました。車から降りた三人を私が玄関でお迎えすると、その先生は突っ立ったまま「あんたが貢の家内か」と言って、私を頭のてっぺんから足の爪先までジロジロと三回も見て、「おまえは貢の上だな」と言ったのです。私のことを「おまえ」呼ばわりしたのには驚きました。それも叱りつけるような口調で。ほかの二人の先生もそばにいたので、とてもきまりが悪かったです。

私は忙しかったので料理屋さんから取りたいと思ったのですが、どうしても私の手料理を食べたいとおっしゃるので、魚屋さんでふくらぎ（ブリの幼魚）を買ってきて刺身や焼き魚にして、その他の料理といっしょにお出ししました。

食事が終わってしばらくすると、「荒城の月」を踊って見せてくれと言うので、手伝いに来てくれていたけい子に踊ってもらいました。けい子は踊りがとても上手なのです。

踊り終わると、何を思ったのか、けい子に「この歌詞の内容を解釈せよ」と言うのです。その言い方がまた高圧的だったので、けい子はすっかり委縮してしまい、黙っていると、「ばかたれめ！」と顔を真っ赤にしてどなりつけました。

お酒が回っていたとはいえ、それはないでしょう。貢さんはとんでもない人を連れてきたものです。精一杯おもてなしをしたうえに、こんな仕打ちをされてはたまりません。東京から来た「酒飲みの暴れ者」の話でした。

男の子の誕生はそんなに自慢ですか?

うちは子供が四人とも女の子ばかりでしたが、分家（舅の弟の栄作《えいさく》さんの家）はお嫁さん（利子《としこ》さん）に男の子が生まれて鼻高々でした。栄作おじいさんに本家の千代おばあさんが、魚津の有名なお菓子屋さんで十五軒分の草餅を買って、黒部のお嫁さんの実家に届けてほしいと頼まれたのです。

千代おばあさんに言われて、私がその店で買って、かついで持っていきました。十五箱ですから重いのなんの。やっとの思いでたどり着いて、玄関の上がり口に「どっこいしょ」と降ろしたら、お嫁さんのお母さんは喜ぶどころか、「帰れ！　こんなものはいらんから持って帰れ！」と追い返したのです。

お嫁さんのお母さんが腹を立てたのにはわけがありました。子供が生まれたときは、お嫁さんの実家に草餅を届ける風習があったそうですが、そういうことはやめようと栄作おじいさんと話し合って決めていたというのです。それなのに栄作おじいさんが約束を破ったからでした。

私はそんな事情を知らされていないのでびっくりするばかり。そのときお嫁さんの利子さんが、「お母さん、なんていうことを言うの。ごめんなさいね」と言ってくれたら救われたのですが、ひと言もありませんでした。

「赤ちゃんの顔を見せてください」と言って、上がって赤ちゃんを見ていたら、そのお母さんが「利子を見習え、初めから男の子だぞ。おまえのところは女郎《めろ》(女性の侮蔑語)ばかりだ。おまえのところは一生、うちに頭が上がらんやろう。おまえのおやじ(貢さんのこと)も頭が上がるまい。この餅をもってとっとと帰れ」と言うのです。

ひどいことを言う人だと思いましたが、私は引き下がらないで、「栄作おじいさんに持っていけと言われたから持ってきただけです」と言って、お餅を置いて帰りました。

帰ってその話をしたら、千代おばあさんが「一生頭が上がるまいとはなんということを言うんだ」と怒って怒って、お嫁さんの実家にどなり込みに行かれたのです。おばあさんは貢さんも頭が上がるまいと言われたことによほど腹が立ったようです。

話をするときはおだやかに

怒鳴ったり怒鳴られたりするのは気分が良いものではありません。私は人と話をするときは電話であっても、できるだけおだやかに話すようにしています。あるとき、「あなたはそんな話し方をしているけれど、電話のときだけでしょ。言葉がきれいなので、そう思ったの。違っていたらごめんなさい」と言われたことがあります。私は普通に話しているつもりでしたが、はじめて電話でお話しした人によっては、そのように感じられるようです。

「あなたのそばにいると穏やかな気持ちになる」と言ってくれた人もいました。

私にそんな力があるのかどうかわかりませんが、私のそばにいることで少しでも穏やかになられるのなら私も嬉しいです。

そういえば、こんなことがありました。以前、お寺にお参りに行ったときに位の高い人が手招きして、「ちょっと、こっちへいらっしゃい」と言われるので、宗教か何かに勧誘されるのではないかと思って、「いいです。いいです」と断りました。

その人がなぜそんなことをしたのか不思議だったので、その人のことをよく知っているという人にあとで聞いたら、「その人は人を見ただけでいろんなことがわかる人で、あなたみたいな人を探していたそうですよ」と言われ、びっくりしました。

同じ服はどこでも買えますよ

ある冬の農閑期に、わが家の近くで道路の新設工事があり、近所の奥様方もちょっとしたお小遣い稼ぎにお手伝いに行っていたので、私も貢さんの許可をもらっていくことにしました。冬でも日中の日差しは強くて、顔はたちまち真っ黒になりました。

そんなある日、市内で建具屋を営んでいる親戚のおじさんがたまたま通りがかり、「なんや、こんなところで何しとるんや?」とびっくりされました。見てのとおり工事の手伝いをしていることは一目瞭然です。その人が、「そんなに現金がほしいのか。ここでいくらもらっているんだ」と聞かれたので日当の金額を伝えたら、「そんなら明日からうちに来い。倍出してあげるから」と言われ、そちらに行くことにしました。

建具屋さんのところに行くのはよいのですが、着ていく服がありません。親戚の人にいただいたものをタンスから引っ張り出して、大きいものは小さく、小さいものは大きく作りかえたりして、なんとか通勤着を準備しました。

その頃、用があって親戚の家に行ったら息子さんが、私が着ていたアノラック(フード付きの上着)を見て、「おばちゃん、その服、僕のうちのものなんじゃないの?」と言うのです。息子さん鋭い！　でも私もうろたえたりしません。「あら、知らないの。同じものがいくらでも売ってるよ」と、にっこりして答えました。

建具屋さんでは、障子やふすまの戸に穴をあけるのが私の仕事でした。機械である程度まで傷をつけてあるところを手でキュッと穴をあけるのですが、やりすぎると表まで破れてしまうので、その手加減が難しいのです。それがまた私は上手で、プロの職人さん以上だとほめられました。

そこには結局十一年勤め、お給金で三女と四女にピアノを習わせ大学に出すことができました。娘たちも学業に励み、三女はピアノの先生に、四女は英語の先生になりました。

師匠は私自身です

ちょっと自慢話になって恐縮ですが、こんな思い出も書き残しておきたいと思います。

いつのことでしたか小学校の講堂の落成式のときに「おわら節」を踊ってほしいと頼まれ、普段は着せてもらえない母の貴重な八丈の着物を着て踊りました。

八尾《やつお》の「越中おわら節」はおわら節の本場の踊りで、「豊年踊り」と「ほたる踊り」「かかし踊り」の三種類あり、豊年踊りは「素踊り」「なかくり」「稲刈り」の順で踊っていきます。すべての所作は農作業が基本になっていて、農作業のしぐさを表しています。

所作としては、まず耕す所作、そして種をまく所作、それから稲の寸法を測る所作、最後は実りへの感謝の気持ちを表す所作で、「はあ〜、豊作でございました。天の神様、地の神様、ありがとうございました」で終わります。踊るときは気持ちを入れて踊ると、見る人の心に伝わります。

私が踊り終えると、みんなが総立ちになって舞台の前に集まり、大きな拍手をしてくれました。

また、踊りのあと数人の女の人が私のところに来て、「あんたのお師匠さんはどなた？　教えて。私もそのお師匠さんのところに習いに行きたいから」と言われたので、「お師匠さんなんて誰もおりません。前にグループで踊ったのを思い出して踊っただけなのよ」と言うと、みんなびっくりしていました。

その晩、かまぼこ屋のおばあさんが私に電話をかけてきたので、ふだん電話なんかかけてこない人が何やろう、お寺さんと間違えたんじゃないのと思いながら受話器をとったら、今日の踊りがとても良かったので、そのことを伝えたくて電話したというのです。そして、みんなあんたの踊りを見ていたらうっとりして体が柔らかくなると言っているが、どうしたらそんなふうに踊れるのかと聞くのです。

どうしてなのか私にもわからないけど、親からもらった器用さというのが体にしみついているから、こういうことができるのかもしれません。母も器用なほうでしたが、父は飛びぬけて器用な人で、何をやらせても上手でしかも手早く、仕事も人一倍できていました。

旅行会のときもみんなに頼まれたので、カセットレコーダーを持っていって「おわら節」を踊りました。

帰りのバスの中で「私ばかりせんと、誰か何かされたらいいね」と言ったら、「今日のあんたの踊りを見るために、この旅行会に来とるがね」とか、「あんたの踊りが見たいから旅行会に入ったんやで」などと、みんなが口々に言われるのです。

「バスの中でいいからもう一度踊ってよ」と言われたのですが、いくらなんでもバスの中では踊れないので、代わりに「詩吟」を吟じました。私は詩吟も踊りに負けないくらい好きなのです。詩吟も一度教えてもらっただけで、あとは自分なりに解釈して覚えていたので、いつどんなときでも吟じることができました。

その後また「おわら節」を踊る機会が訪れました。最後の旅行会のときです。バス一台あたり一人何かするように割り当てられていたのですが、誰も何かやってくれる人がいなかったため私が踊ることになりました。

その旅行では夫（貢さん）もいっしょだったのですが、めったにほめたことがない夫が「おまえの踊りは料亭の女将の上だったよ」とほめてくれました。実家では父をはじめみんな踊りが好きでしたが、石川の家の者たちは踊りがあまり好きでなかったので、家では踊りの話はほとんどしたことがありません。


これは隣町の校長先生のお宅にうかがったときの話です。先生の奥様はお茶の先生でした。奥様が「今日はお茶をする日ですので、良かったらおあがりになって、一服していってください」と言われたのです。私は作法をまったく知らなかったのですが、せっかくのお誘いをお断りするわけにもいかず、奥様のしていることをチラチラ見ながらやりました。

ところが、奥様に「とてもお上手ですね。何年やっておられるのですか？」と尋ねられたのです。「お茶を習ったことがないので真似をしてやりました」と言うと、「こんなことは真似をしてできるものではありません。どこで習ったのですか」と繰り返し聞かれるので本当に困りました。

そろそろおいとまをしようと思っていたときに、そこの息子さん（明美と同い年だそうです）が、私からもっと話を聞きたかったのでしょうか、「今日は泊まっていってください」と言うのです。「私は五時〇分のバスで帰らなければならないで……」と言うと、息子さんは本当にその時刻のバスがあるのかどうかバス停に走っていって確かめてきたのです。実際にあることがわかると、私を引き留めるのをあきらめてくれました。

三　介護・永遠の別れ

姑を看取る

歳月は流れ、親や祖父たちが高齢になり永遠の別れがつづきました。
実家の一郎おじいさんは私が小学生のときに亡くなりましたが、イトおばあさんは長生きをして九十二歳のときに亡くなりました。母は癌《がん》で六十八歳で亡くなり、父はイトおばあさんと同じ九十二歳で亡くなりました。医者嫌いだった父は亡くなる日まで普段と変わらない生活をしていて、みんなが憧れる〝ピンコロ（自然死）〟で人生を閉じたのでした。

昭和四十三年の夏頃から姑の千代おばあさんがだんだん弱ってきて、その年の十月二十八日から十二月十一日までの約四十日間、痛い痛いとうめき通しました。癌だったようですが、当時は腹にできものができているくらいしかわからず、治療らしい治療もできませんでした。

私は毎晩、ほとんど寝ないで背中をなでてやっていました。その頃はせいぜい二時間くらいしか寝ていなかったので、ふらっとしておばあさんの肩に顔がかかったことがありました。それをたまたま義妹（夫の妹）が見ていたのです。お嫁に行っていた義妹は介護の名目でときどき帰ってきていたのですが、それは私を監視するためでした。

私は田んぼに行かなければならないし、食事の準備もしなければならないしで、おばあさんの介護は言葉にならないくらい大変でした。

その間、帯をほどく時間もなく、着物は一か月ぐらい着たまま。息がつけたのはトイレに入っているときだけという状態でした。そんな中でも上等米が一反あたり十俵も穫れて、病床のおばあさんも大変喜んでくれました。

苦しみつづけた千代おばあさんは七十二歳で亡くなりました。亡くなるときに「あんた、これからは往来をいばって歩いてくだはれ」と不思議な言葉を残して逝かれました。往来をいばって歩く必要などないのですが、「自信をもって堂々と生きていきなさい」という励ましの言葉だと受けとめて感謝しました。

〝にせ〟で介護はできません

千代おばあさんの初七日の法要のあと、義妹が親戚の人たちに言いふらしたのでしょう、みんなが「おまえは介護した、介護したと言っているが、姑を枕《まくら》にして寝ていたようだな。にせ介護だ」と私をなじるのです。

ふだんは何を言われても我慢していた私ですが、そのときばかりは「にせ介護と言われますけど、家で同じ飯を食べていて、にせで介護なんかできません」とはっきり言い返しました。今まで虫けら扱いされて、耐えて耐えてきたけれど、いくら私でも黙っていられなかったのです。

その夜、貢さんに「あんなふうに言われたけど、どう思う?」と聞いたら、「気にするな。好きなだけ言わせておけばいいさ。あんなこと誰も信じる者などいないんだから」と言うのです。なるほど貢さんは賢い人です。死ぬまで勉強とはこういうことを言うのだと思いました。

六年間の闘病生活を送った舅

千代おばあさんが亡くなって八年後に善吉おじいさんが亡くなりました。八十八歳でした。おじいさんはもともと厳しい性格の人で、言葉もきつい人でしたが、千代おばあさんが亡くなってからはそれまで以上に気むずかしくなり、何かにつけて私に当たるようになりました。きっと、おばあさんがいなくなって寂しかったのでしょう。

そんな様子をときどき見ていた魚津のおばさんが、「よう辛抱しているねえ。あんただからつとまっているんだよ。他の人ならとうの昔に出ているよ」と慰めてくれました。

元気だった善吉おじいさんも晩年は入退院を繰り返すようになり、結局、六年間の闘病生活を送りました。日赤病院に入院していたとき、私は毎日行って、おむつを替えたり、お湯で体を拭いたり、爪を切ったり、頭をバリカンで刈ったり、シーツを取り替えたり、マッサージをしてあげたりと、できるかぎりのお世話をさせてもらいました。

おばあさんのときと同じように、家事や田んぼの仕事をしながらだったので本当に大変でした。でも「なんで私が」と思ったら自分自身が不幸になるので、私は「させてもらっている」と思ってやっていました。幸せというものは自分で積み上げていくものだと思います。不幸だと思えば不幸も知らないうちに積み上がっていきます。

おじいさんの病室は四人部屋で、看護のお手伝いのおばあさんが二人いて、いつも私と善吉おじいさんのやり取りを見ていました。ある日、私より少し先に出た二人が玄関のそばで私が出てくるのを待っていて、「あんた、変な気を起こさないで真っすぐ帰るんよ」と言って、私の肩に優しく手をかけてくれました。おじいさんの口の悪いのには慣れていたので、私としてはいつもの会話をしていたつもりですが、他の人の目には「かわいそうに。よく耐えているね」と映ったのかもしれませんね。

夫とのあっけない別れ

貢さんは平成十四年の一月十七日に亡くなりました。享年七十九。前年の一二月三十日に入院して、三週間も経たない翌一月十七日に亡くなるという、あまりにもあっけない別れでした。病名は肺癌でしたが痩せることもなく、さほど苦しむこともなく、安らかに息を引き取りました。

お葬式のときは多くのお友達や知り合いの方々から心のこもった弔辞をいただきました。その中の一つ、浅野正夫《あさのまさお》先生からいただいた手紙から一部を抜粋して、ここに記載させていただきます。

いきおいて廻りゐし独楽の止まるさま
わが終焉とかさねつつ見る

記憶の片隅にそっとしまっておきたい物や想い……これは人間誰しも大なり小なり持っていることであろう。そしてそれが長く鮮やかな印象となっていつまでも脳裡に強く印されていく……しかし残燭の焔のように滅びようとする血が今わの果てに燃え上がった石川君の亡びの美学は誰もが味わうことのできない最も崇高な人間としての最高の美学であろう。

この虚無を越えた肯定……

石川君は本当に偉大なる人なりき。石川君こそ日本が世界に誇る古武士のごとき男たりし。いまにして吾の生きし時空と輪廻に想いをいたし、只々感謝申し上げている次第なり。

さて本日は大変失礼ながら電話にてご消息承りし折、健やかなるとの由只々嬉しくこの御縁をいとおしみ、この老いびとに美しき未来なけれど、老いびとにも明日のあることを確かめり。文末乍ら、入梅に入る季ご一同様には益々ご自愛下され、ご健勝の程心よりお祈り致し居りぬ。

不思議な出来事

石川の親たちが亡くなってしばらく経った頃、滑川《なめりかわ》へ明美の長女の未央《みお》ちゃんの六か月検診に付き添っていきました。待合室で待っていると、向かいの席に座っていたおばあさんが私を見て、「あんたが歩くと数人の人影があとについて歩いているんだが、どうしたわけだろうね。心配だからちょっと見てあげましょう。帰りにうちへ寄っていらっしゃい」と言うのです。

いきなりそんなことを言われてびっくりしましたが、そのおばあさんには何か見えるらしいのです。気になったので明美には先に帰ってもらって、おばあさんについていくことにしました。

家に着くと仏間に通されて、私の家族のことや最近あったことなどいろいろなことを聞かれるので、恥ずかしかったのですが、聞かれるままに正直に答えました。私の話をうなずきながら聞いていたおばあさんが、仏壇のほうに向き直るとお経をあげはじめたので、私は目を閉じて聞いていました。

お経が終わると、おばあさんがお経をあげているときに聞こえてきたという話を私にしてくれました。私のあとについている人は舅や姑、小姑、分家の人たちで、みんな、「ごめんなさい。許してくださいと謝っている」というのです。

おばあさんが「許してあげますか?」と聞くので、「はい、もちろんです。心配しないでください。大丈夫ですよと伝えてください」と返事をしました。

生前にはいろいろありましたが、他界した今ではこの人たちに対してなんらわだかまりもなかったからです。

するとおばあさんはもう一度お経をあげはじめました。お経が終わると、「みんな、ありがとう、ありがとうと、えらい感謝して（あの世へ）帰っていかれたよ」と言われるのです。

そのおばあさんは不思議な力を持った人でした。嘘《うそ》ではありません。全部本当の話です。あのときおばあさんにお会いしていなかったら、こういう話は聞けなかったのです。

火難の相と何か関係が？

不思議な話といえば、こういうこともありました。

あるとき、家でそうじをしていたら目のあたりが急に痛くなり、だんだん暗くなって目が見えにくくなったので湿布を貼ったら少しは楽になるかもしれないと思って、実家にすっ飛んでいきました。みんなはちょうどごはんを食べているところでした。

「あんた、なんで来たの?」と、みんなびっくり。私は物が言えなかったので背中を指しながら、「ここが痛い、何か貼ってほしい」とジェスチャーで伝えました。

と、そのときでした。広間のほうからパチパチと何かが燃えているような音が聞こえてきたのです。「あれ、パチパチと音がするけど、そんな音のするもんあるけ?」と思いながら行ってみると、なんとコタツの横から火が出ていて、火柱がいまにも天井に届きそうでした。

無我夢中で弟のお嫁さんと二人で燃えているコタツぶとんの両端をつかみ、「それっ!」と庭に放り捨てました。まさに間一髪! 父が盆栽をあたためるためにビニールをかぶせていて、それをコタツの中に入れていたために火がついたようです。

気がつくと、さっきまであんなに痛かった目が嘘のように治っていました。

あとで母から聞いたところによると、父が「この子（私のこと）には火難《かなん》（火に関する災い）の相が出ているから遠くへ嫁に出すことはできない。近くに出しておいておきたい」と言っていたそうです。

昔は人相見といって、人相からその人の運命や吉凶などを占うことを専門とする人たちがいて、武士や貴族はもちろん、一般の人も子供が生まれたら見てもらっていたという話を映画で見たり、本で読んだりしたことがありますが、現在もそういう能力を持った人たちがいて、父もどこかから情報を得たのかもしれません。

思えば、あのときなぜ急に目が見えづらくなったのか、なぜ実家に行こうと思ったのか、しかも自分でどうやって行ったのかさえ覚えていないほどあっという間に実家に着いて、火事を食い止めることができたことなど不思議なことだらけです。

満八十二歳の誕生日に

貢さんが他界してから四年経ち、私は八十二歳の誕生日をむかえました。そのときの気持ちをつづったものを、ここに記載いたします。

*

御先祖さまや神仏さまのお見守りのおかげをもちまして、本日（平成十八年六月二十四日）、石川の家で満八十二歳の誕生日をむかえることができました。今の思いを少しつづってみます。

毎日、大自然のすがすがしい日ざしの下で守られて、現在、家族五人でおだやかに日常生活を過ごさせてもらっていることを本当に嬉しく感謝しておりま す。

思い出には飛び上がるほどのうれしいこと、またなんとも言いようのないこと等いろいろありますが、たくさんのお力を頂いて、こうして元気に過ごすことができている自分が本当に不思議に思われることがあります。

これまで親兄弟、子供たち、まわりの方々、数知れない出会いの方々からのお導きがありましたが、いまの自分がこなすことができていることや身のまわりのことを一つ一つ指折って挙げてみることにします。

まず朝、目がさめる。息ができる。手足が動く（床の上で手足や目や舌など十か所を、一、二、三……と数えながら十回ずつ、全部で一〇〇回動かす運動を毎朝しています）。起き上がって歩ける。（トイレでは）大小が自然に出る。

快適に過ごせる家がある。家族の者と挨拶ができる。言葉を交わすことができる。食べることができる。字も書ける。人の話も聞ける。

台所では朝昼晩の食事のお手伝いが少々だができる。自分の洗濯もできる。風呂に入って体から髪の毛まで洗うことができる。爪切りもできる。柔軟体操、掃除等もこなせる。他にもまだまだこなせることがたくさんある。

数限りないことが今はできるけれども、いつかこれらができなくなる日があるはずです。そうすると、これだけのことが人の手をわずらわせる日暮らしになるのだと思うと、今の自分はもったいないほどに守られていることに気づかされ、御先祖さまや神仏さまに感謝でいっぱいです。

人間、生きていることは見えないお力のおかげはもちろん、数多くの人々と生き物のおかげだとつくづく思います。ピンピンコロリのお仲間に自分も加えさせてもらいたいと祈っております。咲枝満八十二歳の誕生日に思いをつづりました。

八十二歳の誕生日に一句

一　父母の御恩に思う八十二歳　よろこびに満ちただ合掌す
一　今は亡き主人の分も永らえて　子、孫、ひ孫にただ感謝
一　重ね行く歳の歩みや新しき　初めての日　挑戦の日々

四　家族と過ごすおだやかな日々

八十六歳の誕生日に天国の夫に近況を報告（日記より）

貢さんへ、今日、私、満八十六歳になりました。もう別れてから七年も過ぎましたね。あなたが生きていたころの生活を一時も忘れたことはありません。毎日、お父さん（貢さん）、そして明美ちゃんに助けられ、力を貸してもらって、ここまで乗り切らせてもらっていると思っています。お父さん、明美ちゃん、ありがとう。

お父さんの法事のあとには、よく現実に近いような夢を見ます。夢の中で様々な行動や言葉を見させてもらい、夢のあと、一人笑みを浮かべて感謝しています。

今は明美の夫・正さんの家族五人といっしょに楽しく幸せに暮らしています。この現状が長く続いてくれるよう祈っています。毎日、目に見えない光と力で支えられております。

子供たち（けい子ちゃん、千恵子ちゃん、真知子ちゃん）や家族の皆からは五月の母の日にも、今回の誕生日にもプレゼントを頂き、夢のような心豊かな毎日を送っています。こんな生活、思いは若い頃にはできなかったことです。

夜、眠りにつき、朝、目覚めて一日が始まると、真っ先にお父さんや明美ちゃんたちの写真に手を合わせて、「今日も一日、お守りください」とお願いしています。

私は八十六歳になりましたが、自分の手足が少しでも動く限り、台所に立って食事ごしらえをして家族そろっておいしく頂き、一日でも長く安らかに楽しく生きていきたいと願っています。

お父さん、どうぞこれからも私たちを見守り、応援してくださいね。（平成二十一年六月二十四日　晴　静かな午後六時につづる）

悲しい夢、珍しい夢（日記より）

私は夢を見たときは、どんな夢だったのか忘れないうちに、その日の日記に書いています。楽しい夢、うれしい夢、なつかしい夢、いやな夢、ひどい夢、悲しい夢などいろいろです。特に多いのが家族、子供たち、田んぼ、農作業の夢です。ほかには父、母、仕事、旅行、仏様、お寺、神社、村の人たちの夢などを見ます。主人と明美の夢は本当にうれしいですね。

面白いというか信じられないような夢もあります。たとえば、主人に学校で好きな人がいるので、いますぐこの家を出ていけと家じゅうの者に言われ、「出ていきます。そして死にます」と言っている夢（平成二十六年一月二十七日）などです。こんな夢を見たときは、目が覚めて悲しい切ない気持ちになりました。

主人は真面目そのもので曲がったことが嫌いな人でしたから、生前そんな浮いた話は一度も聞いたことがありません。それなのに私としたら、こんな夢を一回だけでなく四回も見たのです。どうしたことでしょう、不思議ですね。不思議な夢といえば、私のお葬式が私の実家で執り行われている夢を見ました。今までに見たこともない珍しい夢でした。目が覚めてから、生きていることと、生かされていることに感謝したのでした。（平成二十六年十二月九日）

私の一番好きなところ（日記より）

私の一番好きなところは、この真っ白でふわふわした髪の毛です。他には目、耳、手が好きです。声はあまりきれいでないから好きではないです。

着物を着たときの姿も好きです。昔、私が手ぬぐいをかぶって田んぼ道を歩いていたとき、母が私の後ろ姿を見て、「いいねえ。女でもほれぼれするよ」と言ったことがありました。

また、盆踊りでゆかたを着ている私の姿を見て、妹が「姉ちゃん、あんたの着物姿、なんて素敵なの。ほれぼれするわ」と言ったこともありました。

でも、姑の千代おばあさんは、私が田んぼ着を着て手ぬぐいをかぶっているところを見て、「あんたはボロボロの着物さえ着てればいいよ。良いものは着せられない」と言いました。この言葉に象徴されるように、姑は私のことが心底憎くてたまらなかったようです。（平成二十六年三月二日）

私が元気でいられる秘訣《ひけつ》

私は令和五年（二〇二三年）で満一〇〇歳になります。

「長く元気でいられる秘訣は何ですか？」と尋ねられたことがありますが、食事に気をつけていることが大きいと思います。

私いただいたものはよく噛《か》みしめて、一粒一粒に感謝をして食べています。私は自分で作るものは、いかにすれば最大限に美味しくできるか自分の舌で確かめながら独自に研究、実践してきました。また、どんな食材も無駄なく食べられるように工夫してきました。たとえば次のような食べ物です。

■ぬか漬け……なんば（唐辛子）、煮干しの頭・骨をぬかに入れ、毎日ぬか床をかき回すのですが、自分なりの漬ける順番、時間帯を考え、食べる時間も考えて漬け過ぎないよう、美味しく味わえるように工夫をしたものです。

■青物（野菜の葉物）……カブや大根の葉一つについても、切り方、ゆで方、時間の配分に自分のやり方がありました。

■赤飯・おはぎ・草餅……何度も回数を重ねて一番良い状態にできるよう、蒸し物の火加減、蒸し時間はきちっと守って作っていました。ほんこさん（報恩講、お寺の行事）では「石川さんのお赤飯をまた食べたい」とほめていただきました。

最近よく思い出すこと

この頃は昔の人のことを思い出しています。子供の頃から先生、旧友、近所の人たちなど多くの出会いがありましたが、その中でも祖母のことをよく思い出しています。祖母は豆腐を作るのが上手で、私は幼い頃からその手振りをじっと見てきました。祖母の袖に隠れてお寺のお参りによく行ったものです。祖母が、「この子は唇を薄くしてよくしゃべる。お利口さんだ」と自慢していたことを覚えています。

また、盆踊りもよく思い出しています。昔は今に比べると娯楽が少なかったのですが、少ない中での娯楽の一つがどの村でも行われていた盆踊りです。神社の境内で唄に合わせて踊ります。母が袖の長い浴衣（八尺袖）を縫ってくれ、祖母が呉服店で帯を準備してくれて、パンパコ（下駄の台をえぐって箱状の作りにして中に鈴を入れたもの）を履き、底が減るまで見よう見まねでよく踊りました。荒城の月、かわさき踊り、おわら節等々、今でも踊れそうです。

また、「今やってみたいことは何ですか?」と聞かれたことがありますが、できれば年配の皆さんと大正時代のことなど昔話をしたいですね。

それと今は思うように体が動きませんが、元気ならば一目散に田んぼに行きたいです。稲作を存分にやってみたい。

少し自慢話になりますが、私は粗く植えて風通しや水の通しをよくすることや肥料のやり方、葉の色を見る等々、誰からも教わることなく独自に研究して、一反から十俵の米が穫れたことがあります。しかも米選機にかけてもくず米が落ちず、全部良いお米だったので弟にも不思議がられ、まわりからも表彰ものだと言われましたが、私は発表しませんでした。

私が考える「幸せ」とは

いつも心の中に太陽を持っていること、それが何よりの幸せと考えます。

私は子供の頃から人にも物にも自然にもいつも感謝することを教わってきました。朝前の仕事（玄関掃除、草むしり）を終えて、家族そろって仏壇の前に座り、鈴を鳴らし、毎朝お経を唱和していました。このことが日々の感謝につながり、心の太陽へとつながるのです。おいしいものを食べたり、いい生活ができるといった物質的なものだけでは幸・不幸は推しはかれません。

昨年（令和五年）末からホームで暮らしていますが、近所に住んでいる次女のけい子がよく訪ねてきてくれることや、東京で暮らす三女の千恵子と四女の真知子が頻繁に電話で報告してくれるので嬉しいです。現在、孫こひ孫は東京に十九人、富山に十二人、合計三十一人います。孫やひ孫たちの成長も楽しみです。

また、毎日つづり方（日記）を書くことも私の楽しみの一つです。日記は学生のときからずっと続けています。私は書くことが好きで、朝昼晩の日課、行動、食べたもの、人との出会いなどを振り返って書きながら言葉を勉強したものです。本棚には私が書いてきた大学ノートがぎっしりと並んでいます。

今も心に残る言葉といえば、「人のふり見て我がふり直せ」という言葉でしょうか。これは実家の曾祖父、曾祖母からの家訓で、幼い頃から毎日のように聞かされながら育ってきました。

また、「人の悪口を言わないこと」と教えられて育ってきました。人間の耳が二つあるのは、悪いことを聞いても聞き流せるように入口と出口のような役割をしているのではないかと思っています。

若い人に伝えたいこと

若い人にはいろんな体験が大切です。地に足をつけて自分で苦労してみないとわからないことがたくさんあります。

自分の力だけで生きているのではない、天と地の目に見えない大きな力に守られて生かされていることを知ってほしい。そして神仏に感謝すること、ご両親やまわりの人たちに感謝することを忘れないでほしい。

あとがき

人生は出会いと別れの繰り返しです。人はその中でそれぞれの道をまっしぐらに生きていくのですね。途中、迷う時もあるけれど、乗り越えて後戻りのできない人生を勉強していくのですね。

成長するにつれて少しずつ世の中のことなどが分かってきて、不思議な思いをいだきながら、つまずいてころんで、泣いて怒って、けなしてけんかして、たくさんの経験を通して磨かれていくのですね。

自分一人では生きていけない世の中、時代の波に乗っていかなければなりませんね。

人生で大事なものは家族（父母、子供、孫、祖父母たち）、近隣・親戚の人たち、助け合い励まし合っていく社会の人々だと気づかされます。そして、いちばん大切なものは人の心と命です。人の心はお金では買えません。命は御先祖様からいただき、受け継いでいくものです。

一生が終わるときに皆さんに「ありがとう。おかげさまでした」と心から言える自分でありたいと思っています。御神仏様は一秒も休むいとまもなく、この身を心配して励ましてくださっていることに深く感謝申し上げ、毎日を大切に生きてまいります。

ここまで生きてこられたのなら、いっそのことレコードを伸ばして日本の最高齢者を目指したいと思います。そのためにも健康に気をつけ、慎重に生きなければと思います。


【付記】前著を読んでくださった方々からのご感想・ご意見

貢さんのお友達の浅野正夫さんという方が法隆寺の管長さんとお知り合いだったので、「私の友達の奥さんに、こういう方がおられます」と言って、私が書いた本（『馬と土に生きる』二〇〇三年・文芸社刊）を差し上げたそうです。法隆寺というのは門徒がなく宮中のお寺ですが、そこの管長さんが私の本をお読みになって、こんな人が世の中におられるのかと感銘を受けられたとのことで、「これをその人にあげてください」と言って、立派な掛け軸を浅野さんにことづけてくださいました。ここの家を建てたときにも書をいただきましたので、管長さんからいただいた宝が合計七点あります。こんな名誉なことに出合わせてもらうのは並大抵のことではありません。まわりのみんなに支えられてこそのことで、感謝しても感謝しきれません。

最後になりましたが、私の前著を読んでくださった方々から頂いたご感想やご意見をここに記載して、お礼と感謝の気持ちを表したいと思います。

貢さんのご友人からいただいたお手紙（抜粋）

杖つきし老梅なれど香気あり

枯れてゆくものなべて韻あり

本当に楽しきひとときを……

本当に温かき会話、そこにやはり友人石川貢君のベースありて、このふんいきを醸しだす貢君の見えざる力、大なり。

有難さ今にして倍増し、吾が幸福感に改めて平伏感謝いたしたり。

茲《ここ》に遅ればせ乍ら書面をもってお礼申し上ぐる次第なり。

なお季《とき》立春を過ぎたれど未だ寒気酷しき折、貴殿ご一同様には一層ご自愛下され　益々ご多渉程心よりお祈り申し上げている次第なり。

後関正明様よりいただいたお手紙（**抜粋**）

大正、昭和、平成と激動の歴史の中を生きられ、その中で常に理想を追い求め、地道に田んぼと畑を友として生活してこられたお姿を拝見して感動いたしました。

小生も戦時中の疎開児童の折、山梨県の母親の実家で何年間か農業に携わったことがあります。戦後もなかなか帰京できず、数年は田舎で過ごしました。その間、田植えから稲刈り、脱穀、俵かつぎまで一通りの仕事はしましたが、「田の草とり」はさせてもらえませんでした。田の草とりはむずかしくて子供にはさせられないと言っていました。

石川さんの「早春の田んぼの畦ぬりは足の指が真っ赤になるほどの冷たさ……」は実感として小生の体の中に残っております。また「裸足になって大地の声を感じるような体験をしたら、悪い子にはならない……」のくだりは現代の小学生や中学生の教育に最も欠けている部分で、大いに参考にすべきものだと感じ入っております。今の特に都会の子供たちにとって、裸足になって泥の中をはいずり回るという体験は絶対に必要だと小生は思っております。

この『馬と土に生きる』はぜひ小学校の先生方にも読んでいただきたいと思っております。

小生もすでに現役を退いた身ですが、かつての同僚や後輩たちもまだ学校現場におりますので、このことをぜひ伝えていきたいと考えております。いろいろと示唆に富むお話ありがとうございました。

その他の方々からのご感想・ご意見など

■泣きながら読ませてもらいました。何度も何度も読んでいます。読めば読むほど実に深いものを感じます。娘にも本を渡しました。

■自分は今まで苦労してきたと思っていたけれど、この本を読んでこれから衿をただして、真っ直ぐに生きていこうと思いました。

■この本を読んでいくうちに、だんだんこの人が神様（仏様）のように思えました。

■とても感動して、自分もこの様に生きていかなくちゃと思っていても、一晩眠って起きると、子供たちがいて現実にかえってしまう。

■心より打たれることや、同じ時代を生きてきて当時の頃が目の当りに思い出されます。あの頃はみんな苦労したよね。

■友達三人といっしょに石川家におばあちゃんをたずね、二時間ほど話をし、本に書いてない話も聞くことが出来てとてもうれしかったです。また話を聞きに行ってもいいですか。

■石川さんに会うといつもためになる話をしてもらっていた。帰ることができておられんかったら寂しかった。

■お顔を拝見すると、とても苦労している方とは思えない、おだやかな人なのでびっくりしました。

■〝自然は神なりの〟如く、お母様は若い時からそのような心の営みの中での御生活だったのだと敬服致しました。お父様の一周忌にちなんでの最大のプレゼントでございますね。

■こんな立派なお母様がいらっしゃると、お婿さんたち間違ったことは出来ないでしょうね。

■立派なお母さんですネ。

■心のよりどころとしてこの本を大事にしていきます。

■こんな筋金入りの人が富山にはおられたなあ。

■「心のともしび」として読ませてもらいます。
■本当にすばらしいお母様の御華跡、誠に驚くばかりです。
■よくぞ本にしてくれました。
■私も本を書いてみたいと思いました。

ほかにも感銘を受けたといって自宅までおいでになった方が何人もいました。電話などでもたくさんの人からおほめの言葉をいただきました。何よりうれしく最高のプレゼントです。これもまた、いま元気で生活できているからだと思います。子供たち、孫たちにも感謝です。

最後に

母（咲枝）は昨年（令和五年）の暮れから富山市の施設に入居していて、先生方、看護師さんたちの温かい気持ちをいただいて元気に過ごしています。

また、次女のけい子姉さんが近くにいて時々顔を見せてくれているので母も心強いようです。離れて暮らす三女と四女の私たちにとって、これほどありがたいことはありません。けい子姉さん、本当にありがとうございます。

なお、今回著書を出版するにあたり、金井様には私たちに代わって母の現在の心境や若い人へ伝えたいことなど貴重な話をいろいろ聞き出していただき、ボイスレコーダーで録音していただくなど、大変お世話になりました。心より感謝申し上げます（子供たちより）。

著者プロフィール

石川 咲枝（いしかわ さきえ）

大正12年６月24日、富山県中新川郡上條村小出に生まれる。
村立上條尋常高等小学校卒業後、父に馬を使って田を耕すことを教えられる。
戦時下、男手の少ない折、女子馬耕伝習会で指導３年間県下を歩く。
結婚して石川姓となり、米作りに専念し、４人の子供を育てた。
著書に『馬と土に生きる』（文芸社刊）がある。
現在、101歳。

101歳 一粒の籾よりお米さまのお命をいただいて

2024年11月15日 初版第１刷発行

著 者 石川 咲枝
発行者 瓜谷 綱延
発行所 株式会社文芸社
〒160-0022 東京都新宿区新宿１－10－１
電話 03-5369-3060（代表）
03-5369-2299（販売）

印刷所 株式会社エーヴィスシステムズ

ISBN978-4-286-25510-1